글자들의 수프

KB046265

셰프의 독서일기

글자들의 수프

정상원 지음

사계절

다독가의 다독임

기억은 주로 언어적 표시나 시각적 인상으로 저장됩니다. 텍스트나 이미지는 분명하고 견고하지만, 이에 비해 맛과 향이 전하는 감각은 아주 여리고 더없이 순간적입니다. 미각과 후각은 객관적 수치로 정량화할 수도 없고 전달을 위해 잡아둘 수도 없습니다. 그러나 이 하찮은 감각은 끈질기고 충실하게 우리 기억 속에 자리 잡습니다. 을지로의 한 영화관 앞을 지나다 우연히 만난 번데기 냄새에 어린 시절 아버지의 목말을 타고 과천 동물원을 구경하던 순간이 흑백 사진처럼 어렴풋이 떠오릅니다. 몸살감기에 걸려 살려고 사 먹은 닭죽에서 수능 날 아침 주방에서 뼈 한 톨 들어갈세라 노심초사하며 닭고기를 잘게 찢고 계시던 어머니 뒷모습이 뚜렷하게 생각납니다. 연인들은 특별한 기념일을 그날의 식당과 음식 이름으로 추억합니다. 아무렇지도 않은 보통의 날, 가족과 함께 부쳐 먹은 애호박 김치전에는 악의 없는 대화들이 촘촘히 박힙니다. 그렇게 약하기만 한 맛과 향이라는 감각은 기억이라는 거대한 구조를 겁 없이 지탱합니다.

음식의 맛은 몸을 자라게 하고 책 속의 문장은 생각을 잘하게 합니다. 먹는 일과 읽는 일은 가장 멀리 떨어져 있기에, 오히려 서로 등을 마주하게 됩니다. 요리사에게 주방은 언어를 배우는 학교이자 맛과 향이 저장된 도서관입니다. 셰프의 손에서 재료들 하나하나는 서로 다른 밑말과 속뜻을 지닌 낱말이 됩니다. 무의미했던 단어들이 문법에 맞게 배열되어 읽을 수 있는 문장이 되듯, 레시피는 식재료를 개연성 있게 줄 세워 원하는 맛으로 엮어냅니다. 소금과 후추 같은 향신료는 단어 사이의 관계를 규명하는 조사처럼 적절한 위치에 콕 들어가 맛의 의미를 단단하게 연결합니다. 잘 구워진 요리의 행간에서는 촉촉한 육즙이 흐르고, 정성을 다해 끓인 수프의 문맥에서는 다정한 향기가 납니다. 요리사의 음식이 소설가의 문장과 비교 대상이 될 만한 것은 아니지만, 천천히 음미하고 곱씹다 보면 음식에서도 주워 담을 만한 생각이 톡 튀어나오는 경우가 있습니다.

무언가를 다룬다는 행위, 그리고 그것을 전달하는 행위가 얼마나 복잡하고 전문적인 일인지 누구보다 잘 알지만, 요리사라는 직업을 핑계 삼아 부족한 글을 책으로 내놓습니다. 항구적인 행복은 글을 읽는 것이라고 생각하던 시절이 있었고, 밥을 만드는 일이 직업이던 시절이 있었습니다. 그리고 그 시간을 예쁘게 봐준 사람들이 있었습니다. 삶의 무게가 버거워 도저히 참을 수 없을 만큼 무더웠던 날, 유돈식 박사님의 시원한 옥수수차 한잔은 생존을 위한 약수였습니다. 부족한 글에도 지면을 내어주시고 원고를 반갑게 받아 다듬어주신 박지숙 기자님, 임보연 편집장님, 네 소주는 평생 내가 사주마 하며 지지해준 동기, 단어의 속내가 세상과 소통해 서로를 변화시킨다는 사실을 알려주신 신지영 교수님. 그들과 같이 나눈 밥과 글을 그대로 종이 위에 올려놓았습니다. 시간이 지나면, 부족한 문장과 편협한 생각이 얼마나 부끄러울지 알고 있습니다. 하지만 지금의 시간을 적고 싶은 마음이 조금 더 컸나봅니다. 괜찮습니다. 가끔은 쥐구멍도 안락합니다.

소설 속 문장의 인용은 대개 기억에 의존했습니다. 다시 찾아봤을 때, 내 기억과 원문이 다른 것을 보고, 그때 나에게 무슨 일이 있었는지 되짚기도 했습니다. 나에게만 다르게 변해버린 문장이 있었습니다. 그래서 차마 바꾸지 못한 말도 있습니다. 인용한 문장과 그 풀이가 새콤하게 다를지언정 씁쓸하게 틀리지는 않았으면 하는 마음입니다. 글을 쓰던 중 '외할머니' '외가' '친가'와 같은 표현이 성 불평등 용어임을 알았습니다. 글재간이 부족해 내용 전달이 안 되는 한이 있더라도 바른 표현을 쓰기 위해 노력했습니다. 때로는 역사를 말하는 엄정함 앞에서, 대단한 공부도 없이 시간과 시절과 시대를 말했습니다. 거친 생각도 다양성의 일부라고 핑계 대지만, 무분별한 표현이 누군가에게는 상처가 될 것이기에 걱정이 앞섭니다. '갱조개' '달랑무' '똥꼬막'와 같은 따뜻한 낱말의 옹호 아래 거친 생각이 들키지 않기를 바랍니다. 그저 부족한 글이 읽는 이에게 상처가 되지 않기를 바랍니다. 그리고 이 글이 생각의 맛을 탐험하는 시작이 되기를 바랍니다. 타인의 생각은 생각보다 맛있으니까요.

　때가 아닌 때에 더운 밥을 지어준 조그마한 아내와, 식탁에 마주 앉아 그녀와 나눈 나지막한 대화들 앞에 얌전히 이 책을 놓습니다.

주방에서, 정상원 셰프

차례

쫄깃한 토박이말

몸과 마음의 양식당

입말과 입맛으로 이어진 종로

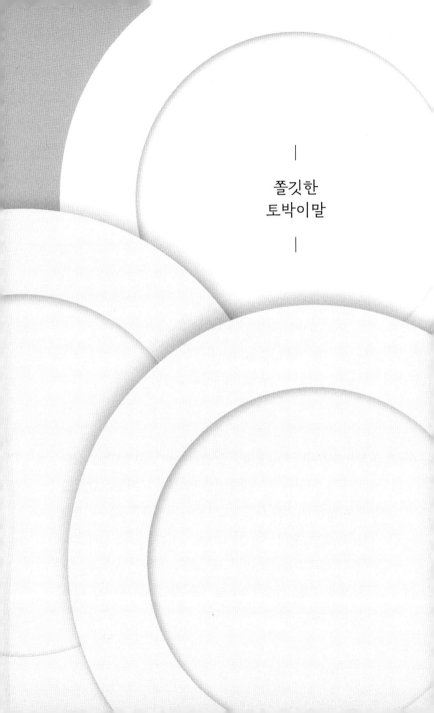

|

쫄깃한
토박이말

|

소설가
현기영

부러진 숟가락

그것 보라,
눈물은 내려가고 숟가락은 올라가지 않앰시나.
그러니까
먹는 것이 제일로 중한 거다.

__현기영 《지상에 숟가락 하나》

햇곡머리가 되면 여름내 밭이 던진 초록의 수수께끼들이 풀린다. 열매가 열리기 시작하면 잎사귀만으로는 그 이름을 알기 힘들던 오이, 호박, 고추 같은 작물이 각기 제 이름을 찾는다. 풋깨알이 차롬하게 맺히니 참깨와 들깨가 구별된다. 벼가 익어 들녘이 황금빛으로 물들면 논두렁마다 심은 초록의 콩나무도 도드라진다. 매미 소리가 사라진 조용한 가을 저녁, 논밭에선 '타라 탁,

타락' 꼬투리 터지는 소리가 들린다. 곡식은 농부의 발소리를 들으며 자란다고 하는데, 그 말이 사실인 양 두렁의 돌콩은 꼭 제 주인이 지나갈 때만 툭툭 꼬투리를 터트린다.

풍산읍 밤실 마을. 수확을 앞둔 밭에는 이랑마다 생강과 달랑무의 알싸한 냄새가 가득하다. 앞산에서 산사과와 햇밤의 달콤한 과실 향이 은은하게 넘어온다. 아내의 고향이 이곳 안동이다. 평소 생업을 핑계로 자주 찾아오지 못했는데 갑자기 큰일을 당하고서야 여러 날을 머물고 있다. 장인어른의 상여를 따라 마을 입구 체화정을 지나 진성 이씨 선산에 오른다. 지세와 풍수가 당신의 생전 모습을 닮았다. 태어난 땅으로 돌아가는 길이니, 밭의 작물들이 씨 뿌린 제자리에 그대로 영그는 이치와도 같다. 졸곡을 하고 이레가 되는 날, 절간을 찾아 초재를 올린다. 조용하던 산사의 공양간은 난데없이 번잡한 숙설간이 되었다. 사위는 꿰다놓은 상주라지만 그러기에 오히려 거들 일이 많다. 직업이 요리사니 자연스레 주방으로 발길이 향한다. 역시 부엌것에게는 부엌이 편하다. 내 주방은 아니어도 돌아가는 품새를 보면 금세 각이 나온다. 오늘 숙설간 셰프는 치암 고택 종부시다.

무릇, 제사 음식은 맛을 피해 맛을 낸다. 마늘이나 쪽파 같은 향채는 금기다. 짜거나 매워서도 안 된다. 나물은 볶지 않고 살짝 데쳐 본연의 색을 살린다. 참기름은 넣는 듯 마는 듯, 나물에서 우러난 채수만으로 조물조물 무친다. 전은 가마솥 뚜껑을 뒤집어 노량으로 덖는다. 기름을 두르지 않아 노릇한 달달함은 없지만, 지절하게 찾아낸 아주 작은 맛들이 낮은 간 사이로 빼꼼하게 고개를 든다. 조용한 것이 지루한 것은 아니다. 오히려 차분한 음식에서 지금까지 느끼지 못한 세심한 향과 꼼꼼한 맛이 뚜렷하게 느껴진다. 제상 상차림이 끝날 때쯤 종부가 소래기를 들고 장독대로 향한다. 장독을 열어 메줏덩이를 한편으로 밀어내고 휘휘 저어 간장을 뜬다. 손에 묻은 간장을 턱턱 털어내고서는 장뚜기(장독 뚜껑)를 맨손으로 쓱 한번 훔친다. 나물 채즙과 햇깨 참기름 그리고, 집간장으로 간이 된 그녀의 손가락을 쪽 하고 빨아먹고 싶다. 은유적 표현으로서 '손맛'이 아닌, 말 그대로 저 '손의 맛'이 무척 궁금하다.

　　제사가 끝나고 제상에 올린 나물을 메밥에 넣어 헛제삿밥을 먹는다. 안동에서는 제사가 없는 날에도 헛제삿밥을 만들어 먹었는데, 가을밤이 출출하던 서당 훈장이 없는 제사를 거짓으로 만들어 제삿밥을 받아먹은 데서 그 이름이 유래했다. 막 지은 밥에 예닐곱 가지 숙채를 넣고 들기름과 깨소금 고명만 올려서 쓱

쓱 비빈다. 밥의 온기에 들기름은 고소하게 윤이 오르고, 설게 익힌 나물들은 그제야 완연히 누그러지며 맛의 빗장을 연다. 헛제삿밥도 제사의 법도를 따르니 마늘과 생강, 고추장은 금기다. 은근하게 우려낸 나물 채수로만 슴슴하게 비벼 먹는다. 제사 나물에 비벼 먹는 미지근한 젯밥은 임종 직전 처음으로 만져본 어르신의 뺨, 그 차분한 온기와 꼭 같았다. 그 온기로 우리에게 마지막 밥을 지어주신 듯 밥은 참 안녕했다.

그것 보라, 눈물은 내려가고 숟가락은 올라가지 않앰시나. 그러니까 먹는 것이 제일로 중한 거다.

《지상에 숟가락 하나》는 소설가 현기영의 자전적 소설이다. 그는 아버지의 염을 하고 맞이한 첫 밥상을 통해 자신을 틔운 땅과 부박했던 시간을 이야기한다. 똥깅이, 웬깅이, 주넹이, 누렁코, 닭똥고망. 천둥벌거숭이 같은 어린 시절 동무들이 발가벗은 삶으로 쓴 천방지축 성장기는 몽당연필로 꾹꾹 눌러 쓴 일기장을 몰래 훔쳐보는 듯하다. 똥깅이의 손에 이끌려 책장을 연거푸 넘기다 보면 낯설던 제주 토박이말이 조금씩 익숙해진다. 그리고 흐릿하던 제주 풍경들이 서서히 뚜렷해진다. 소설 문장처럼 구름은 흰 명주필처럼 낮게 흐르고 질펀한 푸른 들판과 부드러운 능선의 오름들, 그리고 드넓은 하늘과 바다가 멀리 수평선에서 만나 서로 푸른빛을 다투는 정경이 한눈에 들어온다.

아름다운 섬 제주의 이면에는 비극적인 광란의 현대사가 공존한다. 지금도 제주도의 제삿날에는 메 그릇만 올려도 상이 꽉 찬다. 한날한시에 일가족이 몰살된 경우가 허다하므로 일가친척의 제삿날이 같은 까닭이다. 4·3이라는 근현대사 최대의 비극은 잊으려야 잊을 수 없는 흔적이 되어 한라산을 두려움의 공간으로 물들인다. "덜 서러워야 눈물이 난다고 했다. 아니, 덜 무서워야 운다고 했다. 사실 그들은 무서움이 사무쳐서 못 울었던 것이다." 그의 문장에서 아픔이 묻어난다. 제주도 인구의 1할을 한번에 앗아간 민간인 학살은 제대로 익지도 않은 거친 이데올로기와 함께 순박한 섬사람들에게 몰아닥쳤다. 그래서 당시 제주 이야기를 올곧이 담은 《지상에 숟가락 하나》는 슬픔과 미안함 사이에서 살아온 생존자가 억울한 주검에 바치는 조사이기도 하다. 운 좋게 살아남은 생존자가 고투로 쓴 글의 행간은 과가 없는 사과와 죄가 없는 사죄로 가득 차 있다. 4·3의 진실을 다룬 오열 감독의 영화 〈지슬〉이 서사의 객관성으로 눈을 뜨게 하고, 4·3의 아픔을 담은 소설가 한강의 책 《작별하지 않는다》가 서정적 담담함으로 마음의 문을 두드린다면, 《지상에 숟가락 하나》는 살아남은 자의 슬픔을 솔직하게 고백해 독자를 그 시간, 그 장소로 데려간다.

　4·3은 부러트리지 못한 다큐멘터리이자 부러진 저널이다. 그때는 서로의 몸에 총칼을 휘둘렀다면, 이제는 저주의 눈초리로 서로의 마음을 날카롭게 베고 있다. 지금도 매년 그날이 오면 위정자들은 국민을 좌우로 갈라쳐 서로를 향해 분노를 품도록 조장한다. 2008년 7월 22일 국방부는《지상에 숟가락 하나》를 비롯하여 23권의 책을 금서로 지정하고 소지와 반입을 불허했다. 불온서적 23권 중에는 문화체육관광부 선정 교양 도서, 한국출판문화산업진흥원 청소년 권장 도서, MBC〈느낌표! 책, 책, 책, 책을 읽읍시다〉선정 도서, KBS〈책을 말하다〉의 올해의 책 등 양서들이 대거 포함되었고, 국방부는 조롱의 대상이 되었다. 서점은 앞다투어 불온서적으로 선정된 도서들로 특별전을 기획했고, 알려지지 못했거나 잊히던 책이 다시 독자를 만났다. 절판되었던 책이 재간행되고 몇몇 책은 쇄에 쇄를 거듭했다. 결국 2008년 국방부 선정 불온서적 23선은 독서계에 활력을 불어넣는 아이러니를 만든다. 해외 작가로 불온서적에 2권이나 선정된 MIT(매사추세츠공과대학) 언어학 교수 노암 촘스키는 국내 한 언론과의 인터뷰에서, "내 책은 소련에서도 금서로 지정된

바 있다. 극좌와 극우 정권 모두에서 금서로 지정되는 영예를 얻게 되어 착잡하다"고 알싸하게 소회를 밝혔다. 당시 이 웃지 못할 사건은 오묘한 배설의 쾌감과 함께 세간에 '웃픈' 즐거움을 주었지만, 그 카타르시스 또한 벽에 등을 기댄 채 뒤돌아볼 줄 모르는 우리의 자화상이다.

《백 년 동안의 고독》으로 잘 알려진 노벨문학상 수상자 가브리엘 가르시아 마르케스는 1981년 펴낸 소설 《예고된 죽음의 연대기》에서 콜롬비아 사람들이 전통이라는 명목으로 자행한 명예살인의 민낯을 폭로한다. 작가의 어린 시절, 고향 마을에서 수많은 우연이 주민들의 삶에 작용하여 확실하게 예고된 죽음이 아무 방해도 받지 않고 저질러진다. 살인은 시간 속에 묻혀가고 사람들은 각자의 방식대로 사건을 이해하고 오해하며 수용한 채 살아간다. 우리 또한 극복 못할 운명이라 감수하거나 극복한 슬픔이라 체념하며 눈앞에 실재한 비극을 애써 외면한다. 미궁으로 빠진 죽음을 바라보는 수사관이 적은 메모 안에는 우리가 이 비극을 풀지 못하고 있는 이유가 고대로 들어앉아 있다.

제게 편견 하나를 주소서, 그러면 제가 세상을 움직이리다.
_가브리엘 가르시아 마르케스 《예고된 죽음의 연대기》

인세 걱정

미지근한 중둥밥을 나누어 먹은 두 사람은
곧 서로 너나들이를 하였다.

__홍명희《임꺽정》

대한大寒이 소한小寒 집에 가서 얼어 죽는다는 속담은 초겨울 강추위를 이른다. 아직 익숙하지 않은 마른 추위에 손발이 에이는 듯 시리다. 매서운 첫 추위에도 새벽 시장은 분주하다. 겨울에는 동이 늦게 트니 장터는 여태 어둡다. 간판마다 걸려 있는 촉수 높은 백열등이 칼바람에 흔들리며 시장 골목을 비춘다. 상인들은 추위를 이기려 드럼통 페치카에 나무상자를 태운다. 하얀 연기가 모락모락 피어오른다. 조금 전까지 목 좋은 자리를 두고 육두문자를 섞어가며 큰 소리로 실랑이를 벌이던 상인들은 언제 그랬냐는 듯, "언니" "동생" 하며 페치카 주위에 모여 다 같이 군 불을 쪼인다.

경매의 흥을 돋우는 뜻을 알 수 없는 소리로 시장 한편이 법석하다. 맹꽁징꽁 속사포 랩처럼 쏟아내는 경매꾼의 외침을 '호창'이라고 하는데, 실제로는 별 의미 없이 장내를 주목시키려는 추임새다. 손가락을 구부리고 펴고 까딱거리는 동작이 가격을 흥정하는 데 사용하는 유일한 언어다. 새벽 경매가 끝나면 시장 현장 식당에 사람들이 삼삼오오 모인다. 판 자와 산 자가 한곳에 모여 각자의 국밥에 코를 박는다. 술국을 가운데 두고 탁배기 한잔 걸치고 있는 무리는 밤새 고속도로를 달려와 하루 일을 마친 화물차 기사들이다. 바쁜 수저 놀림으로 국밥을 한술 크게 떠 진동한동 넘기는 이들은 이제부터 낙찰받은 물건을 정리해야 하는 도매상이다. 각자의 국밥은 이유야 다르지만 속 시원해지게 뜨끈하기는 매한가지다.

서울에서 큰 새벽 시장을 꼽는다면 가락동 농수산물시장, 노량진 수산시장, 그리고 마장동 축산시장이다. 오늘은 메인 메뉴에 필요한 한우 특수 부위를 찾아 마장동 축산시장에 들렀다. 작업장 갈고리에는 막 도축된 소 한 마리가 걸려 있다. 두꺼운 고무 앞치마를 두르고 우락부락한 손으로 발골을 하던 육부장이 오늘의 낙찰 가격표를 들고 와 설명을 시작한다. 칼에 묻은 피를 앞치마에 쓱쓱 닦는 모습에 지레 주눅이 든다. 그는 일두백미一頭百味의 부위들을 설명하는 동안 연신 군침을 삼킨다. 이 사람, 장사를 넘어 고기에 진심이다. 고기는 이곳에서 사기로 한다. 새 메뉴에 필요한 좋은 부위를 좋은 가격에 구매했으니 에누리로 정육식당에 들러 양념갈비를 한 판 굽기로 한다.

　잘게 칼집을 넣은 갈빗살 한 점이 입속에서 순식간에 사르르 녹아 사라진다. 오물오물 씹었던 것 같기도 하고 그대로 삼킨 것 같기도 하다. 얼마나 맛있는지 조금 전 일이 정확히 기억나지 않는다. 배를 좀 채운 뒤에 소중한 고기 맛에 좀 더 집중한다. 달달하고 짭조름한 양념은 자글거리는 기름기와 섞이며 '단짠'의 진수를 보여준다. 윤기 돈는 보드라운 살결을 깨물자 달콤한 육즙이 배어나온다. 양념갈비의 감치는 맛의 비밀은 그것을 굽는 온도에 있다. 숯불이 하얗게 백탄이 되고 그 사이로 붉은빛이 영롱하게 비추는 온도에서 고기의 마이야르 반응과 양념의 캐러멜화 반응이 동시에 일어난다. 이때 갈비와 양념은 결합과 분리를 반복하며 얽히고설켜 다양한 맛의 분자를 만든다. 고기의 단백질과 양념의 탄수화물이 만든 맛의 꽃다발이다. 석쇠 가장자리에서 천천히 익은 갈빗대가 맛의 대미를 장식한다. 살에 붙은 뼈와 뼈에 붙은 살, 그 사이사이에 밴 숯불 향훈은 잔인할 정도로 맛있다. 후식 냉면이 들어갈 배는 따로 있다며 양념갈비 1인분을 추가한다.

미지근한 중둥밥을 나누어 먹은 두 사람은 곧 서로 너나들이를 하였다.

한 불판에 모두의 고기를 올리고 식탁에 둘러 앉아 젓가락을 겸두겸두 놀리는 방식은 우리만의 문화다. 벽초는 소설 《임꺽정》에서 모두가 같이 둘러앉아 같은 온도의 밥을 나누어 먹는 세상을 꿈꿨다. 벽초 홍명희는 춘원 이광수, 육당 최남선과 함께 조선의 3대 천재 혹은, 동경삼재라 불린 당대의 스타 작가다. 일제강점기에는 독립을 위해 싸웠으며, 독립 후 북에서 부주석까지 지냈으니 찬사와 질타, 존경과 비난을 동시에 받는다. 버리자니 아깝고 취하자니 부담스럽다. 그렇다고 모른 척하자니 주머니 속의 송곳같이 걸음마다 뾰족하여 불편하다. 이념의 시대가 종결되지 않는 한 그에 대한 평가를 결착하기는 어려워 보인다.

잡지 《삼천리》에 실은 〈자서전〉에서 그 자신조차 '내 고백은 곤경스럽다'고 운을 뗀다.

1919년, 벽초는 만세 운동을 주도해 보안법과 출판법 위반으로 첫 옥고를 치른다. 그는 백정을 주인공 삼아 왕조실록이 아닌 백성실록을 쓴다. 놀라운 필력으로 전개하는 민중담에 통념이 전복되는 전율과 날것의 생동감을 느낀다. 인물에 대한 억지스런 미화가 없고, 토속어와 입말이 많아 이야기 속으로 쉽게 쑥 빨려 들어간다. 특히나 임꺽정이 전국을 떠돌거나 팔도 패거리들 사연을 이야기하는 대목에서 펼쳐지는 사투리 향연은 민속어대사전을 방불케 한다. 논둑에서 먹는 기승밥, 절에서 먹는 잿밥, 팔자 좋게 개잠을 잔 뒤 먹는 입쌀밥, 답답한 맨밥, 맏형수에게 꾀꾀로 얻어먹는 눈칫밥, 자욱길에서 먹은 사잇밥, 주린 배를 채우는 조팝, 해산 후 처음 먹는 첫국밥, 먹다 남긴 쌀밥 빌빗한 턱찌끼, 식은 밥에 물을 조금 붓고 다시 무르게 끓인 중둥밥, 상제가 얼마 안 잡숩고 남긴 대궁, 제대로 된 숫밥 등 소설에 나오는 밥 종류만 스무 가지가 넘는다. 먹을거리 얘기야 셰프의 관심사고, 대중을 매료시킨 소설의 백미는 다양하고 감칠나게 묘사한 사랑을 나누는 대목이다. 젊은 문인들은 점잖던 벽초가 늦바람이 났다고 수근거리며 '만풍'이라는 호를 붙여줬다. 주변인들의 쓸데없는 부러움에 벽초의 아내는 소설 속 기기묘묘한 묘사가 본인과는 상관 없는 허구적 상상이라고 공식적으로 못 박기도 했다. 《조선일보》에 연재 중이던 《임꺽정》은 조선인뿐 아니라 일본인들에게도 인기가 좋았다. 그가 광주학생항일운동을 주동한 혐의로 두 번째 옥고를 치를 때, 조선총독부는 서경덕과 황진이가 펼칠 다음 내용이 궁금해 옥중에서 소설 연재를 계속하라고 명령한다.

1927년, 비폭력계몽운동을 주창하는 민족주의 우파와 무장독립투쟁을 강조하는 사회주의 좌파 양측을 아우르는 민족 최대 규모의 조직 '신간회'가 만들어진다. '고목에 새로 돋는 가지'라는 신간회의 이름을 지은 사람이 홍명희. 홍명희는 〈신간회의 사명〉에서, "중간길이라고 반드시 평탄한 길이란 법이 없을 뿐 아니라 이 중간길은 도리어 험할 것이 사실이요, 또 이 길의 첫머리는 갈래가 많을 것도 같다"고 예견한다. 신간회의 산파이자 동시에 어머니인 그에게 중도 노선은 결국 화가 된다. 독립 후에도 좌우 화합을 위해 노력하던 중 남북연석회의에 참석한 뒤 그대로 북에 남아 김일성 주석과 손을 잡는다.

이후 남한에서 그의 책은 금서가 된다. 그리고 그의 이름은 역사에서 완벽하게 지워진다. 1985년, 사계절출판사는 첩보 영화를 방불케 하는 힘든 과정을 통해 《임꺽정》을 출간한다. 안기부는 보안법과 출판법 위반을 이유로 책과 지형紙型을 압수하고 출판을 금지한다. 출판사 대표는 여러 차례 구속되는 수난을 감내해야 했다. 그러나 시대의 요구와 독자의 욕구는 용광로처럼 뜨거웠고, 책은 베스트셀러가 된다. 1989년에 당국은 결국 판매 금지를 철회한다. 책을 만드는 데는 많은 사람의 노고가 들어가고, 또 책 곳곳에는 그들의 노고가 뚜렷이 드러난다. 책의 가장 마지막 장은 저작권 관련 사항이 적힌다. 시간이 지나며 《임꺽정》의 저작권자는 홍명희에서 그의 아들 그리고, 그의 손자로 이어졌다. 셋 모두가 북한에 거주하는 주민이고, 북한은 2001년에야 저작권법을 제정한다. 2005년, 각고의 노력 끝에 출판사는 당시 저작권자 홍석중 작가에게 20년 동안의 사용료 15만 달러를 전달했고, 2006년 드디어 출판 역사상 최초로 남쪽의 출판권자와 북쪽의 저작권자가 만나 5만 달러의 선인세를 주고받으며 저작권 계약을 성사시켰다. 정권이 바뀌고 남북의 민간 교류가 요원해지자, 출판사는 또다시 《임꺽정》의 저작권자에게 저작권료를 돌려줄 방법을 걱정하게 된다.

　세계사적 탁류 속에 홍명희는 끝내 소설 《임꺽정》을 마무리하지 못했다. 그리고 우리도 아직 그에 대한 이야기를 마무리하지 못했다. 벽초를 바라보는 수많은 걱정과 《임꺽정》 책장마다 숨어 있는 수많은 걱정 중, 책의 마지막 장에 적힌 저작권의 약속을 지키고 싶은 출판사의 걱정이 가장 커 보인다. 1985년에 압수된 소설 《임꺽정》 지형의 맨 마지막 조판, 맨 마지막 활자는 다음과 같다.

ⓒ홍명희

소설가
이효석

흐뭇한 여름

산허리는 온통 메밀 밭이어서
피기 시작한 꽃이 소금을 뿌린 듯이
흐뭇한 달빛에 숨이 막힐 지경이다.

__이효석 〈메밀꽃 필 무렵〉

뙤약볕 아래 하늘의 땀이 여우비가 되어 내린다. 잠시 내린 소나기는 세상을 찜통으로 만든다. 오븐과 화구가 불을 토하는 주방은 한여름 불볕더위보다 덥다. 주방의 물기에 양말이 젖지 않도록 만들어진 두터운 주방화는 땀을 배출하지 못해 척척지근하다. 삼복지간에는 입술에 묻은 밥알도 무겁다는데, 열기를 머금은 묵직한 조리도구는 뜨거운 겨드랑이가 쉴 틈을 주지 않는다.

이런 날에는 이열치열의 보양식조차 허영이다. 시큼한 동치미 살얼음과 입속에서 꼬대기지 않고 툭툭 끊어지는 메밀면이 생각난다. 오늘의 스태프 밀meal은 매섭게 차가운 물국수다.

메밀면을 딱 5분만 팔팔 삶는다. 삶아낸 면은 곧바로 찬물에 헹궈 물기를 뺀다. 너무 차갑게 헹구면 국수 가락의 찰기가 모두 사라지니 약간의 온도는 면에 양보한다. 적당히 식은 면에 들기름을 골고루 버무려 고소한 향이 배어들게 시간을 준다. 동치미의 무는 껍질 부분을 걷어내고 여름 매미의 날개처럼 아삭하고 얇게 편을 썬다. 여기에 살얼음이 동동 떠 있는 동치밋국을 붓는다. 여름 동치미의 시원하고 달콤하며, 알싸하고 시큼한 국물에는 겨자나 식초조차 필요 없다. 메밀국수는 막국수라고도 불리는데, 막국수란 대충 '막' 만든 국수가 아니라 방금 '막' 뽑아낸 국수라는 뜻이다. 바로 삶은 면을 차가운 육수에 말아야 막국수의 미묘한 찰기를 느낄 수 있다.

태백산맥 서쪽 능선은 구휼의 텃밭이다. 강원도 영서지역에는 사방의 풍토가 지역풍을 타고 모여든다. 경북 내륙의 열기를 담은 남풍 마파람과 한강의 물줄기를 타고 온 서풍 하늬바람, 동해의 습기를 머금고 태백을 넘은 북동풍 높새바람이 해발 7백미터 고원에 오래 머문다. 팔도의 바람은 만민의 생존을 위한 최소한의 작물을 키운다. 구황을 위한 감자 알과 콩 꼬투리, 옥수수자루가 알차게 영글고, 고랭지 배추는 지난해의 묵은지와 새해의 김장 사이를 메운다. 어려운 시절에는 모든 작물이 요긴하지만, 이곳 사람을 먹여 살린 것은 결국 메밀이다. 메밀은 산에서 나는 밀이라 하여 뫼밀이라 불렀다. 그때나 지금이나 평평한 봉우리 '봉평'의 메밀은 가장 높은 밭에서 가장 어려운 이들을 바라보며 천천히 익는다.

산허리는 온통 메밀밭이어서 피기 시작한 꽃이 소금을 뿌린 듯이 흐붓한 달빛에 숨이 막힐 지경이다.

봉평 메밀로 만든 거뭇하고 거친 메밀면은 소설가 이효석이 욱욱히 눌러 적은 토속적 문장을 읽는 듯하다. 〈메밀꽃 필 무렵〉은 1936년 《조광》지에 발표한 가산의 단편소설이다. 표현은 마치 서정시처럼 아련하고 묘사는 그의 고향 들녘을 걷는 듯 뚜렷하다. 두 장돌뱅이가 한밤중 하얀 메밀꽃이 핀 산길을 걸으며 서로가 왼손잡이인 것을 알아차리는 장면은 영화 〈유주얼 서스펙트〉의 극적 반전에 버금가는 국문학 서사의 백미다. 토속 언어를 통해 언중들을 그리운 시절로 이끈 가산 이효석은 사실 프랑스 버터와 아라비카 커피, 모차르트와 예이츠를 사랑한 모던보이였다. 그는 1938년 《박문》에 기고한 평양의 음악다방 순례기 〈낙락다방기〉에서 커피 한잔을 마시며 들을 만한 클래식으로 차이콥스키의 〈Pathetic, 비창〉과 베토벤의 〈Archduke, 대공〉을 꼽는다. 샹송 〈J'ai deux amours, 나는 두 사랑이 있어요〉 또한 그가 사랑한 음악이다.

가산은 잡지 《삼천리》 1942년 1월 호에 쓴 단편 〈일요일〉에서, '희고 정결한 호텔의 식당에서 알맞은 절차와 예의는 또 하나의 덤이요 우수리인 행복이다. 버터를 먹을 때같이 행복을 느끼는 때가 없다. 구라파 문명의 진짜 맛이 여기에 있다. 행복이란 건 버터를 먹을 때 얼굴 주름이 펴지는 그것이다. 우유를 입안에 가득 머금을 때, 모차르트의 소나타를 들을 때, 아름다운 이의 시선을 받을 때, 청탁받은 소설 원고를 다 썼을 때, 이런 것이 행복이라면 어느 날보다도 오늘 그 모든 행복을 맛본 듯도 하다'고 말한다. 또한 〈고요한 '동'의 밤〉에서는 '빵은 베이커리 '카네코'가 제일이고 커피는 로스터리 '동'의 것이 진짬이다. 빵 한 근을 사러 10리 길을 타박거릴 때도 있고 커피 한잔을 먹으러 버스에서 흔들린 때도 있었다'고 취향을 고백한다. 《조선학독평》에 실린 수필 〈낙엽을 태우면서〉에서는 낙엽 태우는 냄새가 조련찮은 삶의 향훈과 더불어 공평동 화신백화점 지하 원두커피의 헤이즐럿 향과 닮았다며 그윽하게 취한다.

봉평에 있는 이효석 문학관 한편에는 지역 상품 판촉을 겸해 메밀로 만든 다양한 음식이 소개되어 있다. 메밀국수와 메밀전병 등 토속 음식들 사이에 유독 낯설고 독특하여 눈길을 끄는 메뉴가 불란서식 메밀 크레이프다. 이효석이 사랑해 마지않던 크레이프는 메밀전병과 유사한 프랑스 브르타뉴 지역의 전통 음식이다. 우리에게는 얇은 밀가루 부꾸미를 고깔처럼 말고 그 위에 아이스크림과 과일을 올린 디저트 크레페로 잘 알려져 있다. 브르타뉴에서는 디저트로는 물론 식사용으로 다양한 메밀전병 요리를 즐긴다. 설탕을 넣은 밀가루 반죽으로 만든 디저트용 크레이프는 크레이프 수크레, 소금을 넣은 메밀가루 반죽으로 만든 식사용 크레이프는 크레이프 살레다. 현지에서는 달콤한 디저트용 설탕 반죽을 크레이프, 짭조름한 식사용 소금 반죽을 갈레트라고 구별해 부른다.

브르타뉴에서 크레이프는 단순한 음식을 넘어 그들의 정체성을 형성하는 민족정신의 매개다. 앵글로색슨족이 영국제도를 침략하자 그레이트브리튼섬에 살던 켈트족이 대륙으로 넘어와

브르타뉴에 정착했다. 그래서 이곳에는 스페인의 카탈루냐, 영국의 아일랜드처럼 민족적 독자성과 분리 독립에 대한 갈망이 잔잔히 숨 쉬고 있다. 지금도 켈트족이 주로 거주하고 있으며 켈트어파 언어를 사용한다. 북해를 연한 척박한 풍토에 밀과 보리는 자라지 못하니 메밀을 주식으로 한다. 감자와 낙농 유제품이 유명한 것이 우리나라 강원도 지역과 비슷한 구석이 많다. 영국과 프랑스의 틈바구니에 놓인 데다 바이킹의 지속적인 침략까지 겪었던 이곳에서 주식인 메밀은 척박한 환경에 굴하지 않는 브르타뉴 사람들의 기개와 지조를 상징한다.

개화기 신지식인들은 구라파의 저항정신에서 그들의 예지와 이 땅의 희망을 발견한다. 그리고 그것으로 우리의 뼈아픈 현실을 치유하고자 부단히 노력한다. 이효석을 비롯한 많은 문인들은 그중에서도 민족의 독립을 노래한 아일랜드 문학에 천착했다. 특히 아일랜드 저항시인이자 노벨문학상 수상자 예이츠는 아일랜드의 근대화와 자주 독립을 꿈꾸며 모국어를 날카롭게 다듬어 무기로 삼았고, 이는 당대의 문인들에게 많은 영향을 미쳤다. 예이츠는 시 〈애드가 갈망하는 천국의 융단〉에서, "사뿐히 즈려밟으소서 당신이 밟은 건 제 꿈이니까"라고 읊었고, 김소월은 〈진달래꽃〉의 명문으로 이에 회답했다. 이효석이 예이츠를 사모한 이유도 그의 글에서 작가 자신과 그가 속한 세상을 밝히는 횃불을 봤기 때문일 것이다. 가산이 커피를 마시며 즐겨 낭송한 예이츠의 산문 〈달의 친절한 침묵〉 중 한 문장이다.

우리는 타인과의 싸움에서 수사법을 만들고, 자신과의 싸움에서 시를 만든다.

__윌리엄 버틀러 예이츠 〈달의 친절한 침묵〉

소설가
한승원

한강의 미역

생각이 모든 짓거리의 근원이라면
나는 갯바닥스러울 수밖에 없을 것이다.

__한승원 〈목선〉

여름의 새 메뉴를 준비하기 위해 남도를 찾았다. 미려하고 세련
된 다이닝 메뉴는 결국 손에 흙을 묻히고 물에 발을 담그며 맞춤
한 재료를 찾아내야 제대로 된 맛의 기둥을 세울 수 있다. 작은
차이를 위한 재료를 구하는 과정은 성가시다. 채소 비네그레트
에 필요한 짭조름한 자색 양파는 해풍을 머금은 녹동 황토밭에
서만 자란다. 샤토브리앙 스테이크 소스로 쓸 붉은 버찌를 구하

려면 만덕산에 올라야 한다. 세상 모든 것을 알려주는 스마트폰에조차 이들을 기르는 농장의 좌표는 없다.

동네 어르신께 농장으로 가는 길을 물으니 난데없는 반문이 돌아온다. "뭐 달라고?" 어르신, 뭘 달라는 게 아니라 버찌 농장에 가려면 어느 쪽으로 가야 하나요? "뭐달라고 그까지 간다요?" 아! '뭔가를 달라'는 것이 아니라 '무엇을 하려고' 그 험지까지 가느냐는 토박이말이다. 맛과 향에 대한 집착의 이유를 최선을 다해 설명한다. 무던함이 지닌 놀라운 가치를, 오래된 이야기들 속에 새로움이 숨어 있음을 당신에게 설득한다. 그제야 별 희한한 사람 다 있다는 표정으로 농장 가는 길을 알려주신다.

위도가 낮아지면 기온은 올라가고 고도가 높아지면 기온은 내려가기 때문에 남쪽 고지대와 북쪽 저지대는 기온이 비슷하다. 결과적으로 같은 작물을 경작할 수 있다. 하지만 그 맛에는 엄연히 차이가 있다. 북쪽 저지대의 작물은 흐드러지다는 표현이 어울린다. 그에 비해 남쪽 고지대의 작물은 야무지다. 섬세한 요리일수록 고도와 위도가 만드는 아주 작은 뉘앙스가 분명하게 드러난다. 남도에서는 마을마다 저마다의 풍토를 담은 작물을 만날 수 있다. 재료가 다양할수록 요리사의 표현은 풍부해진다.

그래서 이곳은 맛의 보물창고다. 오랜만에 찾은 남도는 이제 아열대성 기후에 접어들고 있었다. 해남에서는 애플망고가, 강진에서는 샤인머스캣이, 장흥에서는 오크라가, 신안에서는 구아바가 난다. 그리고 고흥에서는 커피가 난다. 십수년 전에 커피나무를 심었다는 얘기가 떠올라 고흥 커피 농장을 찾았다. 여러 지역의 커피나무 중에서 쿠바섬의 크리스탈 마운틴 커피나무와 하와이섬의 코나 커피나무만 열매를 맺었다. 커피 체리 과육은 생각과는 달리 촉촉하고 달콤했다. 약배전으로 볶은 고흥 커피는 쿠바의 그것이 원래 가지고 있는 향을 정확히 표현한다. 내륙이 아닌 섬 지역의 커피나무만 남도의 해풍에 잘 자라더라는 농장 주인장의 설명이 맛을 통해 이해된다.

며칠간 새로운 맛을 찾아 쉴 틈 없이 바쁘게 남도의 들과 바다를 톺았다. 그 와중에 이곳 사람들을 만나면서 '고즈넉하다'는 형용사를 몇 번이나 들었는지 모른다. 필요한 식재료를 모두 구하고 마음의 여유가 생기니 그제야 그들이 말한 고즈넉한 풍경이 눈에 들어온다. 장흥의 포구에는 미역이나 돌김을 채취하는 무동력 목선 떼배가 묶여 있다. 서쪽 해안선과 맞닿은 다랑이논을 분홍빛으로 물들이는 낙조와, 사투리만큼이나 정겨운 낮은 산의 능선과, 곶과 만 사이에서 춤추는 찬란한 윤슬에서 남도의 맛있는 문장들이 올곧이 느껴지기 시작한다.

갯바닥 사람들은 화가 끓으면, 파도가 바위 끝을 두드리며 아우성치는 것같이 장쾌한 욕설을 퍼부은 다음 할 말을 한다. 나는 그 갯가에서 나고 자란 탓으로, (…) 그 사람들의 말법을 익혔다. 말이 곧 생각이요, 생각이 모든 짓거리의 근원이라면 나는 갯바닥스러울 수밖에 없을 것이다.

소설가 한승원은 고향 장흥에서 김을 양식하고 미역을 따며 작가를 꿈꿨다. 그의 등단작은 떼배의 임대를 둘러싸고 벌어지는 갈등을 토속적인 필치로 그린 〈목선〉이다. 그렇게, 장흥 소설가의 문장은 장흥의 풍경을 닮았다.

장흥 진목마을, 김밭이 있는 포구 섬지길이 저만치 내려다보인다. 마을 가장 높은 언덕에 소설가 이청준이 나고 자란 집이 있다. 싸리문을 나서 좁은 골목을 돌면 마을 아래 오밀조밀 모여 있는 집들이 한눈에 들어온다. 그리고 멀리 동구 밖까지 펼쳐진 오솔길이 보인다. 그 모퉁이에 서서 그의 세상을 받아들이고 있는 어린 이청준의 모습이 선하다. 그리고 그 풍경을 묘사한 이청준의 문장들이 선명하게 떠오른다. 뒷동산에 동네 어르신의 꽃

상여가 오르는 날에는 묘를 다지는 상여꾼들의 재간 어린 달구소리를 들었을 것이고, 산새 소리나 겨우 들리는 조용한 날에는 그리운 이의 혼인 양 팔랑팔랑 날아다니는 노랑나비를 물끄러미 바라보았을 것이다. 주작(전작)과 부작(후작) 사이 다랑이논에 불을 놓는 날이면, 마을을 가득 채운 매캐한 냄새에 미간을 찌푸렸을 것이다. 공간의 곁에서 시간의 결에 따라 본 것을 쓰고 들은 것을 적었을 그이지만, 나에게 이청준은 목숨을 건 억척스러운 독서였다. 군 복무 시절 부대의 작은 도서관에서 시간이 가는 줄 모르고 그의 책을 읽다 점호 시간을 잊어 탈영병이 될 뻔한 적이 몇 번이다. 매콤한 얼차려 뒤에도 다음 날이면 또다시 도서관으로 숨어들었다. 띄엄띄엄 일독을 마치고 첫 작품부터 마지막 작품까지 순서대로 이음달아 다시 읽었다. 첫 번째 독서에서 날카로운 단어 선택이 만드는 자간의 위트와 유려한 필력이 만드는 행간의 묘의를 읽었다면, 두 번째 독서에서는 소설과 소설 사이에서 서서히 익어가는 작가 본인과 서사의 뿌리가 느껴졌다. 한승원과 이청준, 두 소설가의 묘사를 이끈 장흥의 극적인 분홍빛이 서서히 가시고 바다는 무채색 어둠에 잠긴다. '뭐달라고' 그곳에 갔는지 '뭣하려고' 그들을 읽었는지, 소화되지 못한 질문들을 다시 개워 되새김한다.

한강의 소설이 맨부커상을 받은 이듬해 이탈리아 피렌체 옆 작은 마을 시에나를 여행하던 중, 시청 앞 오래된 작은 서점에서 《채식주의자》를 만났다. 서가에 꽂혀 있어도 놀라울 일인데 평대에 표지를 적나라하게 드러낸 채 누워 있었다. 묘한 애국심과 함께 구현과 전달의 힘이 어디에서 오는지 다시 한번 느꼈다. 소설가 한승원과 한강이 살아온 남도의 구체적인 삶은 솔직하고 투명한 문장들 덕에 우리 모두의 보편적인 삶에 닿았다. 소설가 한강은 부녀가 같은 장소에서 '봤지만 쓰지 않은' 문장과 '보지 않았지만 쓴' 문장을 앞차게 설명한다.

눈이 하늘에서 내려오는 침묵이라면, 비는 하늘에서 떨어지는 끝없이 긴 문장들인지 모른다.

_한강 《희랍어 시간》

소설가
정지아

제철 재첩

사램이 오죽하면 글겄냐.
아버지 십팔번이었다.
그 말을 받아들이고 보니 세상이 이리 아름답다.
진작 아버지 말을 들을 걸 그랬다.

__정지아 《아버지의 해방일지》

대통령 공관에 무궁화가 만개한 어느 여름, 국무회의 오찬을 처음으로 주관하는 날이다. 새벽 일찍 도착해서 음식을 준비하고 서비스 동선을 확인한다. 경호원의 무전기 신호음에 신경이 날카롭다. 극도로 긴장한 탓에 늘 하던 일조차 흐름이 뚝뚝 끊긴다. 숙달된 동작마저 홀연 어설퍼진다. 주방 스태프들 사이에 오가는 말이 퍽퍽하다. 만찬 직전 느지막이 도착한 의전실 웨이터

들이 야속하다. 이번 코스의 구조와 메뉴에 대해 오리엔테이션 한다고 전달했건만, 늦게 와놓고 본인들 식사부터 하신다. 날이 선다.

턱시도에 나비 타이까지 갖춘 노병들은 느긋하지만 노련한 동작으로 원탁 테이블 위 식기의 오와 열을 맞춘다. 안주머니에서 눈금 먹인 실을 꺼내 커피잔이 놓이는 정확한 위치를 잰다. 국가 의전 서열과 그날의 배석을 확인하더니 국토부 장관과 문광부 장관 좌석 사이를 10센티미터 더 벌린다. 두 장관은 요즘 정무적으로 사이가 별로란다. 지배인들의 놀라운 지배력이다. 그들은 모두 특급 호텔에서 수십 년 근무하고 퇴임한 이 분야의 베테랑들이었다. 어린 셰프의 걱정과는 달리 식사는 물 흐르듯 진행되고 음식 평가는 여유롭게 전달된다. 시쳇말로 짬에서 오는 바이브, '짬바'가 느껴진다. 그것은 오랜 경험과 연륜에서 만들어진 노련미다. 그렇게 삶의 명인들은 격한 상황에서도 여유를 잃지 않고 기량을 펼친다.

어떻게 지나갔는지도 모르게 숙수의 첫 경험이 끝났다. 긴장이 풀리니 맘은 헛헛하고 입은 궁금하다. 해장과 충장이 동시에 필요하다. 조기 백반은 까칠하고 순댓국은 부대낄 것 같다.

베테랑 선배들이 말없이 고개를 끄떡이더니 재첩국이나 먹으러 가잔다. 대선배님들 앞에서 재첩국 한 사발에 밥을 말아놓고, 오늘 오전의 잘못된 생각을 고백한다.

여름 막바지, 입추가 되면 차가워지는 강물에 조개들은 살을 불린다. 제철의 재첩은 섬진강 물풀을 잔뜩 먹고 녹색을 띤다. 재첩을 고아 내장이 다치지 않게 하나하나 속살만 빼낸다. 이내 식어버린 조갯살을 다시금 뜨거운 국물로 토렴한다. 여기에 정구지를 척척 썰어 띄우면 간담췌를 보듬는 은근한 담녹색 재첩국이 만들어진다. 강조개는 바닷조개와 달리 담백하고 슴슴한 개미가 있다. 때깔 고운 작은 알갱이들이 훌훌 넘어간다. 화려하지 않지만 빈틈없이 꽉 찬 국물은 산뜻하고 시원하다.

지리산에서 내려온 물은 섬진을 돌아 한려로 빠져나간다. 섬진강 하구의 우안은 경상남도 하동, 좌안은 전라남도 광양이다. 두 고을 어부들은 같은 어장에 뜰배를 띄우고 각자의 거랭이로 재첩을 긁는다. 거랭이로 강바닥을 훑은 뒤 디스코를 추듯 온몸으로 막대를 휘저으면 모래와 어린 조개는 망 사이로 빠져나가고 실한 재첩만 올라온다. 둑에 서서 하염없이 재첩잡이를 보고 있는 꼴이 영 도회지 사람 같았는지 어로를 마친 어부가 말을 건넨다. "마 그카고 갱조개나 묵으러 오이소." 경상도 사투리다. 이미 광양에 와 있는데 어디로 오란 말인가. 그는 만선의 뜰배를 끌고 강을 건너가 하동 벚나무 사이로 황망하게 사라진다. 광양에 있지 말고 하동으로 오라는 말이었다. 하동 사람들은 강을 건너 조금이라도 더 광양 가까운 곳에서 갱조개(재첩의 경상도 말)를 탐하고 광양 사람들은 부러 하동 쪽으로 넘어와 갱조개(재첩의 전라도 말)를 건진다. 이 부박한 동과 서의 다툼은 생각보다 치열하다.

동서 갈등을 봉합하자던 대중가요 노랫말처럼, 경상도와 전라도를 가로지르는 섬진강 줄기 따라 화계장터엔 아랫마을 하동 사람과 윗마을 구례 사람이 닷새마다 어우러져 장을 펼친다. 섬진강 하구에서 물길을 거슬러 조금 올라가면 바로 하동과 구례를 잇는 화계. 큰 산과 긴 강이 옥토를 만들었으니 세상 먹을 것이 많은 동네다. 하류의 재첩뿐 아니라 상류의 다슬기도 일품이다. 다슬기의 옥빛 내장에 담긴 담백하고 개운한 맛은 위장뿐 아니라 머리까지 맑게 한다. 맑은 물에서 돌에 낀 이끼만을 먹고 사는 은어에서는 가만하게 수박 향이 난다. 아이스크림이나 사탕에 사용하는 수박 향료가 만드는 스트로베리류의 달짝하고 인위적인 향이 아니다. 붉은 속살 반에 하얀 껍데기 반 정도가 섞인 풋풋하지만 고혹적인 수박 향이다. 지리산에서 직접 채집한 산채를 재료 삼은 비빔밥도 구례에서 빼먹어서는 안 되는 별식이다. 하얀 구황과 녹색 산채가 절묘하게 어우러진 가운데 남도의 고추장이 더해져 오색 찬연한 맛을 선사한다. 어식과 채식의 묘미가 암만 뛰어나대도 역시 육식을 빼놓을 수는 없다. 구례 읍내에는 일주일에 한 번만 여는 '금요식당'이라는 순댓국집이 있다. 지리산 흙돼지의 두툼한 내장에 선지를 눌러 넣어 커다란 가마솥에서 쪄낸 막창 피순대와 상상도 못할 두께로 듬성듬성 썰어낸 오소리감투는 관능적인 아름다움을 뽐낸다. 병천, 속초, 제주 등 순댓국 명소들이 즐비하지만, 아는 사람들은 구례 피순댓국을 첫손가락에 꼽는다. 순댓국에 공깃밥 한 그릇을 말아 게걸스럽게 떠넘기고 허리를 쭉 펴면 저 멀리 지리산이 떡하니 버티고 서 있다.

구례 읍내에서 벗어나 섬진강을 따라 조금 올라가면 지리산 등반의 베이스캠프인 토지면 산장촌이 나온다. 울긋불긋한 등산복 차림 사람들이 눈에 띈다. 얼핏 봐도 가벼운 차림의 등산객과 지리산 둘레길을 걷는 트레커가 대부분이지만, 지리산이라는 이름값에 이곳에서만 느껴지는 왠지 모를 엄숙함과 비장미가 있다. 지리산 뱀사골과 노고단은 백두대간 종주의 남쪽 시작점이다. 비바크에 필요한 배낭을 메고 통일의 첫걸음을 떼겠다는 젊은이들의 기상이 지축을 박차고 포효하는 곳이다. 백두산 열아홉 봉우리를 향해 자못 진지하게 출정하지만, 백두대간 종주는 그 누구도 완주할 수 없다는 사실을 이미 알고 있다. 지리산에서 출발한 남측 도전자들은 비무장지대에 닿으면 남은 절반의 산맥은 더 이상 걸을 수 없다. 백두산에서 출발한 북측 도전자들 또한 결과는 똑같다. 지리산에서 역사적, 인문적 엄정함이 느껴지는 이유는 이곳이 한때 빨치산의 활동무대였기 때문이다. 빨치산은 프랑스어에서 파생된 '파르티잔'을 음차한 단어다. 원래는 압제에 항거하는 비정규 레지스탕스 유격대원을 의미한다. '빨갱이'와 '산'이라는 의미가 절묘하게 맞아떨어지는 바람에 레드 콤플렉스를 자극해 남한에서는 '공산 괴뢰 잔당'의 상징이 된다.

지리산 반야봉에서 뱀사골로 넘어가는 어느 능선에는 이름 모를 허술한 무덤 하나가 쓸쓸하게 세월을 맞고 있다. 간혹 지나다니는 등산객들이 손으로 벌초를 하거나 소주 한 잔을 따라놓고 인생의 비감에 젖기도 하는 무덤이다. 지리산에 어떤 역사가 숨겨져 있는지 몰랐던 어린 시절에 그 무덤가를 지나면서 나도 모르게 한 방울 눈물을 떨어뜨린 적이 있다. 몇 년이 지나 지리산에 얽힌 내 부모와 내 조국의 슬픈 역사를 알고 난 다음, 그 무덤가를 지날 때 나는 무덤에 눈물 대신 절을 올렸다.

＿정지아《빨치산의 딸》

정지아는 소설《빨치산의 딸》을 통해 아버지의 아픔과 시대의 상처와 자신의 복잡한 고뇌를 입체적으로 그려나간다. 그녀의 또 다른 소설《아버지의 해방일지》의 첫 문장은, "아버지가 죽었다"이다. 이 충격적인 들머리는 많은 사연을 내포한다. 그녀의 아버지는 남로당 전남도당 인민위원장이었고 어머니는 남부군 정치위원이었다. '지아'라는 이름 또한 그 둘의 꿈이 묻힌 지리산과 백아산에서 따왔으니, 그녀는 태어날 때부터 빨치산의 딸이었다. 이해와 관용을 기대한 그녀의 새빨간 고백은 시퍼런 손가락질이 되어 돌아왔다. 속이 얕고 폭이 얇은 사회에서는 '다양한 생각'이라는 단어를 말하는 순간 사회 안녕을 해치는 공공의 적이 되기 십상이다. 책은 이적표현물이라는 낙인이 찍혔고, 연좌제의 굴레는 더욱 강하게 그녀의 입에 채워졌다. 베를린 장벽이 무너지던 날 그녀의 아버지는, "나는 사회주의를 위해 목숨을 걸지 않았다. 사람은 목숨이 붙어 있는 한 지금보다 더 나은 세상을 만들기 위해 싸워야 한다. 그 시절에는 그 대안이 사회주의였을 뿐이다"라고 회고한다. 그는 살기 위해 이념의 격랑에 휩쓸렸고 사람의 도리리라 믿었기에 신념을 지켰다.

88년 서울올림픽이 열리던 해 나는 초등학교 4학년이었다. 올림픽 선수촌 주변 둔촌국민학교 학생들은 공산권 국가 선수들과 접촉이 예상되었기에 강력한 정치 교육과 사상 세뇌를 받았다. "김일성의 각을 뜨자!" 매일 아침 전교생이 머리띠를 하고 운동장에 도열하여 교장선생님의 선창에 따라 외치던 구호다. '각을 뜬다'는 말은 산 채로 얼굴 가죽을 포처럼 얇게 저민다는 뜻이다. 손톱이 뾰족하고 털이 무성한 빨간 손이 남한 영토를 침범하는 반공 포스터를 매일같이 그렸고, 《늑대골의 특등사수》 《나는 공산당이 싫어요》 같은 책을 읽고 반공 독후감을 썼다. 하교 후에는 '삐라'를 할당량만큼 주워 파출소에 제출했다. 정도야 다르겠지만 우리는 각자의 시간에서 각자의 깊이만큼 이데올로기의 포화를 맞았다. 그것도 정통으로 정면에서 맞았다. 피아를 분명히 구별해야 했고, 그 중간도, 서로의 소통도, 이해하려는 노력도 존재해서는 안 됐다. 《빨치산의 딸》을 숨죽여 읽은 독자들이 30년 후 《아버지의 해방일지》를 마음껏 울고 웃으며 읽을 수 있다는 것이 그나마 그녀의 두 고백 사이 발전이다.

소설가 정지아가 아버지에게서 수없이 들은 말이 하나 있다. 이 말은 그녀를 세상의 편견으로부터 철저하게 지켜냈고, 그녀가 인간에 대한 애정을 잃지 않고 글을 쓰는 사람이 될 수 있게 한 원동력이기도 하다. 이 한 문장은 반만년을 이어온 한민족 모두가 가슴에 새겨야 할 하나의 잠언이다. 한국사는 삼국시대로부터 현재에 이르기까지 반목과 분단 그리고, 외세의 개입이 반복된 영욕의 역사다. 서로를 인정하지 않은 채 외세를 끌어들인 쪽이 이겨온 5천 년의 가르침은 포용과 존중을 완벽하게 배척하는 사회를 만들었다. 상대를 이해하려 하지 않고 앞뒤 없이 덮어놓고 원하는 색으로 칠을 한다. 적이 규정되어야 편이 만들어지는 것을 확인했고, 내가 선이 되기 위해 어떻게든 악을 만들어내야 한다고 굳건히 믿고 있는 슬픈 민족이다. 우리가 저지른 구획 나누기와 저주와 폭력의 역사를 회복하고 서로를 이해하고 용서하기 위한 시작은 정지아 아버지가 수없이 되뇌던 바로 이 문장이어야 마땅하다.

　사램이 오죽하면 글겄냐.

소설가
황순원

호우시절

어린것이 여간 잔망스럽지가 않어.

__황순원 〈소나기〉

참, 먹장구름 한 장이 머리 위에 와 있다. 갑자기 사면이 소란스러워진 것 같다. 바람이 우수수 소리를 내며 지나간다. 삽시간에 주위가 보랏빛으로 변했다.

산을 내려오는데, 떡갈나무 잎에서 빗방울 듣는 소리가 난다. 굵은 빗방울이었다. 목덜미가 선뜻선뜻했다. 그러자, 대번에 눈앞을 가로막는 빗줄기.

비안개 속에 원두막이 보였다. 그리로 가 비를 그을 수밖에.

그러나, 원두막은 기둥이 기울고 지붕도 갈래갈래 찢어져 있었다.

그런 대로 비가 덜 새는 곳을 가려 소녀를 들어서게 했다.

(…)

소녀는 비에 젖은 눈을 들어 한 번 쳐다보았을 뿐, 소년이 하는
대로 잠자코 있었다.

_황순원 〈소나기〉

호우지시절好雨知時節. 당나라 시성 두보는 '좋은 비는 제가
내려야 할 시절을 안다'라고 노래했다. 좋은 음식도 단비와 같아
서 우리 몸에 꼭 필요한 때가 따로 있다. 요즘 들어 하루 종일 비
가 내린다. 장마철 공기는 덥고 눅눅하다. 속이 더워 찬 음식을
자주 먹었더니 연거푸 배앓이하고 있다. 창틀을 때리는 굵은 빗
소리에 자글자글 기름에 지진 부침개가 당긴다. 수셰프와 눈빛
이 닿는다. 만날 같은 밥을 먹는 사이다 보니 그의 몸도 지금 같
은 것을 원하고 있음을 대번에 알아챈다. 마침 여름 햇감자가 들
어왔다. 오늘 스태프 밀은 빗속의 감자전이다. 우리는 이렇게 끼
니를 같이 하는 사람을 식구라고 부른다. 무엇을 먹을지, 언제
먹는지 그 루틴을 공유한다. 물론 얼마나 먹을지는 각자의 몫이
지만.

여름 햇감자는 빼어나다. 눈이 얕아 아리지 않고 땅속 물기를 머금어 식감이 포슬포슬하다. 하지에 맞춰 수확하는 이 아름다운 감자 품종은 수미秀美다. 감자를 강판에 간다. 전분의 찰기로 자연스럽게 만들어진 반죽에는 아무것도 넣지 않는다. 길이 제일 잘 든 팬을 잡는다. 올리브유를 두르고 아주 얇게 첫 장을 부친다. 소금을 염 상태로 팬 위의 반죽에 뿌려야 짠맛이 재료에 천천히 물들며 바다의 함미를 퍼트린다. 소금이 얼룩진 감자전의 맛은 견고하다. 가녘은 모시 적삼의 소매처럼 바삭하고, 가운데는 비단옷 안감같이 졸깃하다. 여름 감자전 맛은 그렇게 단아하며 수려하다.

소녀는 소년이 개울둑에 앉아 있는 걸 아는지 모르는지 그냥 날쌔게 물만 움켜 낸다. 그러나, 번번이 허탕이다. 그대로 재미있는 양, 자꾸 물만 움킨다. 어제처럼 개울을 건너는 사람이 있어야 길을 비킬 모양이다.

그러다가 소녀가 물속에서 무엇을 하나 집어 낸다. 하얀 조약돌이었다. 그리고는 벌떡 일어나 팔짝팔짝 징검다리를 뛰어 건너간다.

다 건너가더니만 홱 이리로 돌아서며,

"이 바보."

조약돌이 날아왔다.

_황순원 〈소나기〉

수세프는 마지막으로 기교를 부린다. 팬에 묻은 오일을 닦아내고 베이컨을 곱게 다져서 바삭하게 덖는다. 연분홍의 부드러운 베이컨이 밤색으로 변하면 갈아놓은 감자를 잘 펴서 같이 지진다. 베이컨에서 배어나온 달콤하고 짭짜름한 기름이 감자전 사이사이로 스며든다. 베이컨이 탈 수 있으니, 부침개가 단단하게 익기 전에 빠르게 뒤집어야 한다. 요리깨나 해온 셰프도 무른 반죽을 뒤집는 일은 쉽지 않다. 훈련된 유연한 손목 근육과 반죽이 하늘로 나는 순간 움찔하지 않을 담대한 정신력이 필요하다. 부침개가 팬 중앙에 잘 착지한다. 불 온도와 시간 계산이 들어맞아 노릇하게 잘 익은 뒷면을 마주하는 순간은 닐 암스트롱이 달 뒷면을 처음 본 순간과도 같은 감격이다. 짭조름한 여름 감자전과 짭짜래한 장맛비 냄새에 부침개 한 장의 일탈이 짭짤하다.

소란하던 수숫잎 소리가 뚝 그쳤다. 밖이 멀게졌다.

수숫단 속을 벗어 나왔다. 멀지 않은 앞쪽에 햇빛이 눈부시게 내리붓고 있었다. 도랑 있는 곳까지 와 보니, 엄청나게 물이 불어 있었다. 빛마저 제법 붉은 흙탕물이었다. 뛰어 건널 수가 없었다. 소년이 등을 돌려 댔다. 소녀가 순순히 업히었다. 걷어올린 소년의 잠방이까지 물이 올라왔다.

소녀는 '어머나' 소리를 지르며 소년의 목을 끌어안았다.

개울가에 다다르기 전에, 가을 하늘이 언제 그랬는가 싶게 구름 한 점 없이 쪽빛으로 개어 있었다.

_황순원 〈소나기〉

.

비가 그쳤다. 이제 출근길에 젖은 바짓단도 마르고 배앓이도 멈췄으니, 본격적으로 저녁 영업을 준비한다. 오늘 저녁에는 한 70대 노부부가 금혼을 맞아 좋은 자리를 예약했다. 작년, 장마가 그치던 날에도 마흔아홉 번째 해를 기념해 식사를 하신 터다. 그 둘은 금슬이 무척 좋다. 아내는 핸드폰으로 음식 사진을 찍고, 노신사는 오래된 똑딱이 카메라에 그런 그녀의 모습을 담는다. 다정한 눈길, 그녀를 귀여워하고 있다. 함께한 50년 세월이 어찌 즐겁고 평온하기만 했을까. 그럼에도 불구하고 서로를 만난 운명을 사랑한 것이 아니라 운명으로 말미암은 서로의 삶을 사랑한 시간이었을 것이다. 식구와 마주 앉아 먹는 밥이 맛있는 이유는 함께하는 시간의 의미를 서로가 너무도 잘 알기 때문이다. 그런 테이블의 주변은 공기 밀도가 진하다. 같은 시간을 기다리고 같이 시간을 맞이하니 그 시간의 이름이 같다. 꿀 같은 식사를 마치고 노부부는 손을 잡고 서로를 의지한 채 앞서거니 뒤서거니 식당 현관 앞 계단을 내려선다. 노신사가 떠난 테이블에는 만 원권 한 장이 남아 있다. 미리 준비해 남기고 간 빳빳한 신권에서 자신이 떠난 뒤 추억을 찾아 그녀 혼자 찾아온다면 자신을 대신해 더 좋은 환대를 부탁한다는 의미가 전해온다.

"허, 참 세상일도……."

마을 갔던 아버지가 언제 돌아왔는지,

(…)

"그런데 참, 이번 계집앤 어린것이 여간 잔망스럽지가 않아. 글쎄, 죽기 전에 이런 말을 했다지 않아? 자기가 죽거든 자기가 입고 있던 옷을 꼭 그대로 입혀서 묻어 달라고……."

_황순원 〈소나기〉

한 해가 더 지나고, 식당 앞마당 감나무에 감이 열렸다. 여름 장마도 그치고 가을 태풍도 지났다. 초록의 감은 이미 홍시가 되어 주황색으로 변했는데, 그들이 오지 않는다. 불어오는 가을 바람에 순간 목덜미가 시리다. 황순원은 〈소나기〉에서 간결하고 세련된 문체와 기법적 장치들로 감정을 누르거나 돋운다. 비를 피하는 긴 시간 동안 소년과 소녀가 느낀 것이 설렘뿐이었을까. 길고 다난한 노부부의 한뉘를 정돈된 플롯으로 각색하고 배치한다면 그런 대로 아름다운 결론이라고 우겨도 될까.

> 곱고 희던 그 손으로 넥타이를 매어주던 때 어렴풋이 생각나오. 여보 그때를 기억하오. 막내아들 대학 시험 뜬눈으로 지새던 밤들 어렴풋이 생각나오. (중략) 세월은 그렇게 흘러 여기까지 왔는데, 인생은 그렇게 흘러 황혼에 기우는데, 다시 못 올 그 먼 길을 어찌 혼자 가려 하오. 여기 날 홀로 두고 여보 왜 한마디 말이 없소. 여보 안녕히 잘 가시게.
>
> ＿김목경 〈어느 60대 노부부의 이야기〉

가수 김목경의 노랫말이 흩날린다. 김광석이 이 노래를 리메이크해 녹음하던 날 두 가수는 흐르는 눈물을 도저히 견디지 못해 소주를 한 병씩 마시고 녹음을 마쳤다고 한다. 우리가 듣는 가객 김광석의 목소리가 척척함을 누르고 애써 차분한 이유다. 그날 그녀를 바라보던 노신사의 까만 눈이 선하다. 그리고 그가 바라보고 있다는 것을 알면서도 애써 고개를 숙인 채 그 시선을 느끼던 그녀의 뺨, 파르라니 하얀 볼에 번진 연분홍빛 홍조가 기억난다.

"참, 그날 재밌었어……. 그런데 그날 어디서 이런 물이 들었는지 잘 지지 않는다."

소녀가 분홍 스웨터 앞자락을 내려다본다. 거기에 검붉은 진흙물 같은 게 들어 있었다.

소녀가 가만히 보조개를 떠올리며,

"그래 이게 무슨 물 같니?"

소년은 스웨터 앞자락만 바라보고 있었다.

"내 생각해 냈다. 그 날, 도랑을 건너면서 내가 업힌 일이 있지? 그때, 네 등에서 옮은 물이다."

소년은 얼굴이 확 달아오름을 느꼈다.

(…)

소녀의 까만 눈에 쓸쓸한 빛이 떠돌았다.

_황순원 〈소나기〉

이름에 이르다

그래서 더 예쁘고 진정 덧없지 아니하냐.

__이육사 〈일식〉

간만에 여유로운 주말 오후다. 늦잠을 늘어지게 잤다. 커피를 한 잔 내려 마시고는 해껏 한나절을 빈둥거린다. 아무것도 안 한다고 배가 안 고픈 것은 아니다. 이제 슬슬 출출해진다. 주말의 식사는 형용사와 부사 없이 명사와 동사로만 이루어진 문장과도 같다. 화려하지 않고 간결하다. 수식을 위한 미사여구와 장황한 이유가 사라지니 말밑의 의미가 정확하게 전달된다. 그럴싸한 표현 같지만, 결국 귀찮다는 말이다. 부스스 일어나 냉장고를 열어보니 육우당에서 얻어온 김치통이 눈에 띈다. 칼질을 하지 않고 푸짐하게 먹을 수 있는 묘안을 찾는다. 돼지갈비를 한 짝 넣고 자작하게 김치찜을 하기로 한다. 갈비는 통째로 찬물에 담가 핏물을 빼고 미리 한 번 데쳐 잡내를 뺀다. 마늘은 손바닥으로 찍어눌러 그대로 으깬다. 김치는 포기째 커다란 주물 냄비에 넣는다. 아래쪽에 잠겨 있던 김치 포기를 꺼낸 뒤 마른 위 포기를 국물에 재우기 위해 통을 뒤적이니, 커다란 무 하나가 갑자기 툭 튀어나온다. 생각지도 못한 우수리가 무척 반갑다. 무를 집어 냉큼 냄비에 넣는다. 찜을 찌는 시간을 고기에 맞출까 김치에 맞출까 하던 고민이 눈 녹듯 사라진다. 찜 찌는 시간은 저 무가 폭삭 익을 때까지다.

배추 포기가 부푼다. 밭에서 볕을 받으며 머금은 채수를 내놓아 김칫국물을 만든 배추가 도로 찜 국물을 빨아들이더니 원래 배추보다 도톰해졌다. 농도가 낮은 용매가 얇은 막을 통해 농도가 짙은 쪽으로 이동해 균형을 맞추는 삼투현상이다. 고깃국물이 배추 속살에 스민다. 그렇기에 김치찜을 먹을 때 배추 결을 가로질러 가위를 대서는 안 된다. 결대로 죽 찍어 밥 위에 척 올려야 제맛이다. 엄지와 집게손가락에 묻은 국물을 쪽, 쪽 두 번

빨아 먹는다. 귀 밑 침샘이 시큰하다. 뉘 집 김치인지 기분 좋게 저릿하다. 김치를 받아오던 날 육우당에서 나눈 대화들이 김치 찜을 먹는 내내 식탁 위를 맴돈다.

안동 도산면 이육사 시인의 생가 육우당 툇마루에 앉아 다과상을 받는다. 시인의 고명딸 옥비 여사가 곱게 썬 산사과 한 접시를 내오신다. "유명한 셰프에게 이런 음식을 대접해도 되나 몰라." 이 말의 행간은 매우 다의적이다. 때로는 일부러 솜씨를 잰 체하기 위함이고, 때에 따라서는 말 그대로 칼질 하나마저 옹색하고 조악한 경우도 있다. 농담이건 자백이건 예의 삼아 넘나드는 말이지만 요리사로서는 언제나 돌려드릴 답변이 곤궁하고 멋쩍다. 하물며 어머니 쪽이 덕혜옹주와 사돈지간이라 궁중요리에 정통한 옥비 여사의 과겸한 너스레다. 언감생심 손사래를 치며 난편한 시간을 무마한다. 부지런히 찬간으로 들어가는 그녀의 뒷모습이 한시처럼 조아하다. 툇간 섬돌 위에 벗어놓은 신발이 깔롱지게 가지런하다. 물려받아 타고난 기품인지 가르침에 본받은 기풍인지 육사의 웅혼한 필치가 벗어놓은 신발 모양에 그대로 묻어 있다.

육우당은 청량산의 주봉과 낙동강의 본류 사이에 고즈넉이

앉아 있다. 적조했던 시절에 대한 잡담에 사과가 한 알 두 알 사라지고, 붉은 노을이 잔잔한 윤슬에 반사되어 마당 감나무를 감싸고 돈다. 단애청벽, '붉은 낭떠러지와 푸른 절벽'이라는 뜻을 가진 고사성어로 인품이 고상하여 만나기 어려운 사람을 뜻한다. 산수에도 상황에도 딱 맞는 말이다. 이곳은 육사의 시적 공간이자 시작詩作 공간이다. 툇마루를 내려와 강가에 선다. 그의 기개에 누가 될까 싶어 허리를 있는 힘껏 펴고 숨을 폐부 가장 깊은 곳까지 들이켠다. 날숨에 대단한 시어가 하나 맺힐까 싶어 조심스레 숨을 내쉰다. 〈절정〉의 시상은 이곳에서 맺혔다.

어디다 무릎을 꿇어야 하나?
한 발 재겨디딜 곳조차 없다.

__이육사 〈절정〉

옥비 여사는 육사의 고명딸이다. 기름질 옥沃에 아닐 비非. 비옥하지 말라는 이름을 딸에게 붙인 시인의 마음과 아비의 심경이 절절하다. '비옥'이라는 단어를 거꾸로 쓰면 '옥비'가 되니 의미뿐 아니라 음운도 뒤집은 셈이다. 한자로 비옥할 비肥는 좌우의 대칭이 아니나, 아닐 비非는 좌우 대칭이다. 비옥해지고자 한다면 옥비할 수 없지만 옥비하고자 한다면 그 마음만은 참으로 비옥할 수 있다는 작명의 숨은 뜻이다. 이육사라는 필명은 첫 옥고 때의 수인 번호 264번에서 땄다. 가슴팍의 숫자에서 음차했으되 의미는 가슴속 품은 뜻을 담았다. 잘못된 역사를 죽이리라. 이육사의 '육' 자는 원래 죽일 육戮이었다. 이후, 시인의 아버지가 이 필명으로는 시를 내기도 전에 잡혀갈 테니 육지 육陸을 써 뜻을 감추라 이른다. 이육사의 서명을 거울에 비추면 '활活'이라는 투옥 전 필명이 드러난다. 뜻이 상반된 두 필명이 서로 쌍관하는 서명을 만든 그다. 역사를 죽이겠다는 각오로 죽기를 작정했지만 살고 싶었으리라. 말하지 않겠다 했지만 보고 싶었으리라. 뒤돌아보지 않고 떠났지만, 이곳에, 언제나 섰던 고향 자리에 돌아오고 싶었으리라. 이름의 속뜻을 푸니 그가 남긴 작명의 명작들이 생생하게 돋아난다.

육우당에서 멀지 않은 곳에 군자리라는 마을이 있다. 군자마을 터줏대감 이미령 여사는 이창동 감독의 누이다. 그녀 둘이 만나면, "옥비야" "미령아" 하고 서로의 이름을 부른다. '누구 엄마' '어디 댁'이 아니다. 고희를 넘어선 그녀들이 서로를 이르는 방법이 아름답다. 전통과 정신의 무게를 당당하게 지탱해온 그녀들에게 아름다운 당신들의 함자 말고는 실상 서로를 온전히 부를 방법이 없기도 하다. '아름답다'라는 말은 15세기에는 '아람답다'로 표기했다. '아람'이라는 명사는 '나'라는 뜻을 지니고 있었으니, '아름답다'라는 단어의 밑말은 '나답다' '나 같다'이다. 프랑스 소설가 빅토르 위고가 인기는 명예의 잔돈이라 했던가. 육사, 옥비, 활. 세월에 불타고도 푸른 하늘에 닿을 듯이 우뚝 남은 저 이름들은 그 어떤 바람도 차마 흔들지 못한다.

찬간에 들어갔던 옥비 여사가 화전을 부쳐 나온다. 올해 육우당 앞뜰에 꽃밭을 일궜는데, 육사의 시어가 된 꽃을 추려 심고, 타지 시인들에게 받은 꽃나무만 가려 심었다고 한다. 시인의 딸답게 시어를 선택하듯 꽃의 의미를 밝혀 심은 시집 같은 화단이다. 화전마다 다른 시어가 맺히니 작은 접시 위에는 흘러넘칠 만큼의 단어들이 떠다닌다. 아름다운 게 모양새뿐이 아닌 것이 옥비 여사가 숙수의 솜씨로 직접 부친 화전이다. 기쁨을 한가득 얻어먹고 떠나는 트렁크에는 김치 한 독이 실린다. 육사 시인의 고명딸 옥비 여사의 김치를 또 언제 먹어보겠나. 체면이고 뭐고 없다. 솔직한 마음에 사양도 하지 않고 급히 받아들었다. 조그만 해치백 승용차라 분리된 트렁크 공간이 따로 없다 보니 김치 냄새가 스멀스멀 넘어와 차 안 가득 찬다. 서울로 올라오는 내내 김치 냄새로 익은 정도를 넌지시 짐작한다. 그리고 김치로 만들어 먹을 음식들 이름을 떠올린다.

내가 바라는 손님은 고달픈 몸으로

청포靑袍를 입고 찾아온다고 했으니,

내 그를 맞아, 이 포도를 따 먹으면,

두 손을 함뿍 적셔도 좋으련.

__이육사 〈청포도〉

믹스 커피

바람도 달빛도 아닌 것,
갈대는 저를 흔드는 것이 제 조용한 울음인 것을
까맣게 몰랐다.

__신경림 〈갈대〉

늦은 저녁, 대부분 손님이 물러가고 매장이 조용하다. 마지막 손님들 대화가 본의 아니게 쏙쏙 들린다. 경남 합천이 두 사람의 고향이다. 서울에 직장을 잡고 올라온 지 얼마 되지 않은 모양이다. 대화 주제는 고향 사람들 이야기지만, 실상은 서로를 탐험하고 있다. 여자의 말씨는 자못 쫄깃하고, 남자의 시선은 이미 애틋하다. 긴 식사를 마치고 향이 진한 모카커피가 앞에 놓인다.

잔과 받침이 부딪쳐 달그락거리는 소리가 잔잔하게 대화의 공간을 감싸고 돈다. 그녀는 떨리는 마음을 들키고 싶지 않아 손으로 잔을 꼭 감싼다. 남자는 중요한 말을 못한 모양으로 거푸 물잔을 비운다. 고향에서부터의 긴 우정을 사랑으로 오므리는 것이 무척 조심스러울 테다. 둘은 연애에 있어 지금 이 순간이 가장 순하다는 사실을 안다. 두 연인은 커피가 한 모금씩 사라지는 것이 못내 아쉽다.

식당 문을 닫고 집으로 돌아오는 길, 라디오 뉴스에서 비보가 들린다. 경북 봉화의 아연 광산 매몰 사고로 광부 두 사람이 갱도에 고립되었다. 생존에 대한 의지와 경험에서 나온 예지로 220여 시간째를 버티고 있다. 두 사람을 구조하기 위한 시끄러운 발파 소리가 가까워졌다 멀어지기를 반복한다. 천만다행으로 막장 안에는 최소한의 물과 공간, 그리고 서른 봉의 믹스 커피가 있었다. 커피라는 기호품은 생존을 위한 필수품이 되었다. 쓴맛은 정신을 가다듬게 하고 단맛은 최소한의 안도감을 준다. 서로의 등을 마주하고 마음을 의지하며 공정하게 커피를 나눈다. 둘은 죽음에 대한 두려움을 잊으려 고향 사람들 이야기를 실없이 주절거린다. 둘은 삶에 있어 지금 이 순간이 가장 사납다는 사실을 안다. 두 광부는 커피가 한 봉씩 사라지는 것이 무척 두

렵다.

소서saucer 위의 명품 커피잔도, 뜻 없는 로고가 프린트된 종이컵도 제가끔의 커피를 담는다. 각자의 커피는 낭만과 사색의 도구이기도 하지만 관념과 추상을 넘어 삶에 대한 직접성이 되기도 한다. 수많은 카페의 커피만큼 수많은 이야기가 커피잔에 남는다. 시작이 조심스러워서 안절부절못하던 두 합천 친구는 모카커피의 쇼콜라 향을 느끼지는 못했다. 다만 그 커피는 그 시간의 이름이 되어 거대한 기억의 도서관에 뚜렷한 색인을 남긴다. 기적의 생환을 기다리던 광부의 믹스 커피는 최고의 바리스타가 추출한 커피보다 많은 향을 내뿜었을 테고, 갱도 안의 대화는 벨 에포크 시절 파리의 카페에서 떠돌던 인문과 예술의 이야기보다 밀도가 있었을 것이다.

손님이 돌아가고 식탁 위 커피잔을 치우는 일은 요리사의 마지막 의식이다. 카페의 커피가 쉼표라면 식당의 커피는 마침표다. 그러다 보니 요리사에게 커피는 성적표와 비슷한 느낌이 있다. 스스로 음식이 만족스럽게 지어졌을 땐 커피를 내리는 손길이 가볍다. 불만족스럽던 테이블의 커피잔은 영 무겁다. 하지만 커피의 온도만 따뜻하다면 노심초사한 셰프 마음이야 손님들 각자의 이야기에 묻힌다. 돌이켜보면, 이등병 시절 화장실 사로에 들어앉아 초코파이와 함께 마신 자판기 밀크커피가 특급 호텔의 자메이카 블루마운틴보다 감미롭지 않았나. 인생만큼 커피도 많고, 많은 종류의 커피처럼 잔에 담기는 이야기도 많다. 서로의 관계에 따라 커피잔을 기울이는 태도도 다르고, 그래서 커피잔마다 남겨진 커피 자국도 모두 다르다.

시월의 마지막 날은 우리 모두에게 잊힐 수 없는 계절이 되었다. 서울 한복판 이태원에서 큰 참사가 벌어지고 수많은 젊은 이가 쓰러졌다. 못다 피운 꽃자리가 덩그러니 남겨졌다. 사고가 발생한 초기에는 모두가 희생자이자 생존자인 줄도 모르고 아무렇게나 말을 던졌다. 익명성의 뒤에 숨어 자극적인 생각과 편견에 물든 악의적인 단어들을 여과 없이 뱉었고 남녀와 세대를 갈라 서로를 맹목적으로 힐난했다. 하루가 지나고 슬픔이라는 감정이 생성되자 베일 듯 날카로운 말들이 놓였던 바로 그 자리에 하얀 꽃들이 하나둘 놓였다. 어제는 그들을 할퀸 입으로 오늘은 우리를 쓰다듬었다. 우리는 이 시간이 잘못된 것을 안다. 우리가 한 말과 행동들이 큰 상처라는 것을 안다. 고통의 맨살이 드러났고 고개를 돌린다 해도 스스로 환부의 위치를 이미 알고 있다. 이 시기 두 광부를 어둠 속에서 견디게 한 서른 봉의 믹스 커피 이야기는 우리 사회가 받은 소중한 위안이었는지 모른다. 막 지은 밥의 고소한 비린내처럼 그것은 모두에게 삶을 계속 이어 갈 한줄기 미광이었다. 뉴스에서 들려온 '커피'라는 단어로 우리 는 모두 이 계절의 참사 생존자가 되었다. 시인 신경림의 시구가 마음속을 뒹군다.

바람도 달빛도 아닌 것,
갈대는 저를 흔드는 것이 제 조용한 울음인 것을
까맣게 몰랐다.

소설가
조정래

꼬막 톹기

산이 깨어날 즈음이면
언제나 안개는 산자락을 덮고 있었다.
산을 포근하게 잠재운 이불처럼.

＿조정래《태백산맥》

아버지의 고향은 전라북도 이리시다. 지금은 익산군과 통합되어 익산시가 되었지만 내가 드나들던 때에는 이리였다. 이리는 수출자유지역으로 교과서에도 실렸는데, 어린 마음에 이리라는 단어는 마치 어니스트 시턴의《시턴 동물기》중 이리왕 로보가 연상돼 그럴싸하다는 생각이 들었었다. 아버지가 나고 자란 곳이 이리고, 할아버지 할머니의 묘가 있는 선산은 나주에 있다.

성묘하러 가기 위해서는 평야를 지나야 한다. 영산강 줄기를 품은 나주의 평야지대에는 뭐라도 지리적 표식이 될 만한 게 없다. 내비게이션도 없던 시절이니 집안 어르신들은 사촌 형들에게 길을 일러주시느라 정신이 없다. 큰아버지는 성묘를 마치고 봉분 앞을 살짝 파 제물하고 남은 꼬막 껍데기 몇 알을 묻는다. 다른 집안의 묘와 구별하려는 방편이다. 옆을 보니 다른 집안 어르신도 근엄하고 진지하게 자손들에게 꼬막 껍데기 묻기를 이르고 있다. 여기에 꼬막 껍데기를 묻었으니 다른 집안의 묘와 구별할 수 있노라고. 어린이는 생각한다. '오히려 우리 꼬막을 파내야 하나?' 꼬막을 파묻는 나주평야 일대의 풍습은 아직도 이해하기 힘들다.

큰집에 돌아와 저녁을 물린 뒤 어른들의 결혼과 학업에 관한 근황 체크가 시작되면, 사촌 형들은 어린 나를 핑계로 동네 마실을 나섰다. 큰집 앞 골목의 다홍색 포장 틈새로 하얀 김이 모락모락 피어오르는 포장마차가 하나 있었다. 형들은 두런두런 이야기를 나누며 맥주 한잔씩을 마신다. 안주 선택은 내 몫이다. 매콤달콤한 곰장어, 꼬들꼬들한 오도독뼈, 탱글탱글한 닭 모래집도 좋지만 이 집의 최고 메뉴는 뭐니뭐니 해도 생꼬막이다. 난방용 석유난로 위에 꼬막을 올려 구우면 포장마차 안은 금

세 바다 냄새로 가득 찬다. 꼬막이 입을 벌릴 때쯤 주인아주머니는 페치카 옆에 앉아 한 알 한 알 꼬막을 깐다. 패각 뒷부분에 숟가락을 끼우고 볼록 튀어나온 각정을 지렛대 삼아 비틀면, 꼬막은 쉽게 반토막이 난다. 남이 까준 꼬막은 정말 게 눈 감추듯 사라진다.

'꼬'는 꼬투리, 꼬마, 꼬맹이의 '꼬'처럼 작은 사물을 나타내는 말이다. '막'은 오두막, 움막의 '막'으로 작은 집을 뜻한다. 꼬막은 결국 '작은 것이 사는 작은 집'이다. 작은 조개 주제에 나이를 기록한 윤륵이 마치 기와집 지붕처럼 생겨 이런 이름을 가지게 되었다. 뻘에 사는 꼬막에는 세 종류가 있다. 새꼬막, 참꼬막, 피꼬막. 피꼬막은 한눈에 봐도 크기가 거대하며, 피조개라는 이름처럼 붉은 속살 때문에 쉽게 구별된다. 새꼬막은 참꼬막보다 조금 더 작고 껍데기에 약간의 털이 있다. 분홍 속살을 가졌다. 참꼬막은 껍데기에 돌기가 있고 색이 더 검다. 검붉은 속살은 무척 달다. 산지에서는 새꼬막을 '똥꼬막'이라고 부르며 참꼬막은 '제사 꼬막'이라고 한다. 과거 한글 맞춤법상 꼬막의 표준어는 '고막'이었는데, 조정래가 소설 《태백산맥》에서 하도 '꼬막'이라고 써서 표준어가 바뀐다. 출판 당시 출판사에서 꼬막을 '고막'으로 고칠 것을 권유했지만 조정래는 거절했다. 지금은 인터넷 국립국어원 표준국어대사전에서 '고막'을 찾으면 '꼬막'으로 안내한다.

꼬막과 벌교는 떼려야 뗄 수가 없다. 세계 최고의 꼬막이 나오는 곳은 벌교 앞바다 여자만이다. 여자만은 여수시, 고흥군, 보성군, 순천시에 둘러싸여 있다. 여수시가 뻘의 절반 조금 넘는 면적을 차지한다. 보성군 벌교읍은 여자만의 한 귀퉁이에 있는 크지 않은 마을이다. 지리적으로 여자만 뻘에서 차지하는 지분이 무척 작다. 그럼에도 여자만에서 채집한 꼬막은 전부 '벌교' 이름을 달고 유통되며 '벌교 꼬막'은 국내 꼬막 물량의 75퍼센트 정도를 차지한다. 뻘을 앞마당에 펼쳐놓은 수많은 고장 중 벌교가 꼬막의 이름을 소유하게 된 것은 소설 《태백산맥》 덕이다. 뻘을 토해내는 듯한 조정래의 힘찬 필치는 벌교 꼬막을 대한민국 수산물 지리 표시 1호로 만들었다.

꼬막은 살짝 데쳐 뻘 향을 머금은 부드러운 내장 맛을 느끼는 것도 좋지만, 아무래도 반으로 갈라 위에 양념과 다진 쪽파를 올린 조림이 백미다. 꼬막 조림을 먹을 때는 잘 익은 노란 속살을 먹고 난 다음 껍데기 안에 붙은 조개끈과 그 안에 깔린 검은 육수를 쪽 빨아 먹어야 한다. 그러면 그 행복한 맛에 자신도 모르게 눈이 초승달 모양으로 변한다. 꼬막을 데치는 것은 그리 어려운 조리법이 아니다. 다만 꼬막을 씻을 때는 밀려오는 귀찮음과 타협해서는 안 된다. 한 알의 잘못된 꼬막이 한 소쿠리를 모두 망치는 수가 있다. 죽은 꼬막은 뻘만 가득 머금은 채로 입을 다문다. 씻어낸 꼬막 광주리에서 뻘이 계속 나온다면 잘못된 녀석을 반드시 찾아내야 한다. 꼼꼼히 톺아서 걸러내지 않으면 입을 벌리기 시작한 신선한 꼬막 속으로 뻘이 들어가 전부를 먹지 못하게 된다. 죽은 알을 하나하나 미리 걷어내야 쫄깃쫄깃, 음죽음죽한 맛이 산다.

대하소설 《태백산맥》의 원고지 15,700매에는 수없이 많은 낱말이 담긴다. 필사한 원고 한 벌을 차곡차곡 쌓으면 성인 남성의 키를 훌쩍 넘는다. 그는 6년에 걸친 집필 기간을 마라톤 선수처럼 쉼 없이 완벽한 페이스로 관리했다. 책 전체에 허투루 쓰인 단어가 하나도 없다. 잘못 쓰인 단어 하나가 책 전체를 망치기라도 하는 양 그는 이 많은 낱말을 하나하나 꼼꼼하게 교열해 의미에 맞춰 벼리었다. 책은 광복부터 한국전쟁의 휴전협정까지 한국 근현대사 전반을 조명한다. 원래 여순사건과 광주민주화운동을 거쳐 92년 대선까지를 구상했지만, 여러 논란과 개인적 이유로 한국전쟁 이후를 결말로 삼았다. 휴전 이후 부분의 일부는 10권의 대하소설 《한강》으로 공개되었으니, 전부가 한 장편으로 완성되었다면 그 전체 분량은 상당했을 것이다. 《태백산맥》을 두고 소설가 김훈은 말한다. "나는 《태백산맥》의 거대함을 사랑하기보다는, 그 구체성을 사랑한다." 그러나 결국 《태백산맥》의 구체성으로 인해 조정래는 국가보안법 등 2백여 가지 혐의로 고발을 당했고, 이는 사법 사상 가장 긴 고발장(서울지검 1944형39663)이다. 《태백산맥》에 대하여 2005년 최종적으로 무혐의 처분이 내려졌다. 그사이 책은 2백 쇄, 8백만 부 넘게 팔렸고, 인세 도장을 찍는 데 쓴 나무 도장만 수백 개에 이른다. 그에게 태백산맥은 그야말로 길고도 깊은 산하다. 조정래는 그의 삶을 얽어온 긴 산맥의 맨 끝자락, 막내의 뜰 벌교에 서서 적는다.

먼동이 트기 전 새들의 부산스런 지저귐을 따라 잠에서 깨어났다. 산이 깨어날 즈음이면 언제나 안개는 산자락을 덮고 있었다. 산을 포근하게 잠재운 이불처럼.

_조정래 《태백산맥》

소설가
채만식

바람의 짬뽕

에두르고 휘돌아 멀리 흘러온 물이,
마침내 황해 바다에다가 깨어진 꿈이고 무엇이고
탁류째 얼러 좌르르 쏟아버리면 강은 다하고 (…)
이것이 군산이라는 항구요,
이야기는 예서부터 실마리가 풀린다.

＿채만식 《탁류》

열대에서 밀려온 비릿한 바다 냄새가 서울의 공기를 가득 채운
다. 큰바람이 한바탕 몰아칠 요량이다. 도시의 모든 것들이 스산
하게 움직이기 시작한다. 종로의 이정표를 앞뒤로 흔들던 바람
은 소공동 빌딩 유리문 사이로 쉭쉭 소리를 내며 들이친다. 곧이
어 거센 바람과 굵은 빗줄기가 쏟아진다. 후텁지근했던 어제 오
후는 분명 여름이었는데, 큰비가 그친 오늘 오전은 완연한 가을

이다. 요맘때의 불청객 태풍은 그렇게 그해의 여름과 가을을 단칼에 가른다.

　계절이 바뀌는 시기가 되면 주방은 분주하다. 요리사들은 언제나 계절에 한발 앞서 새로운 메뉴를 준비해야 한다. 오늘 들어온 전남 옥과산 햇버섯 한 알을 놓고 모두가 둘러선다. 도마 위에서 선배의 과거와 새내기의 미래가 마주 선다. 셰프는 새로운 탐험으로 사람들을 매료시켜야 한다는 생각에 걱정이 앞선다. 막내는 이참에 자기가 양파만 까는 사람이 아니라는 것을 증명이라도 하려는 듯 수첩을 꺼내 새로운 레시피를 야무지게 받아 적는다. 여름철 메뉴는 빠르게 익히고 최소한의 재료로 본연의 맛을 살린다. 반면 가을 조리는 재료의 영근 맛을 최대한 뽑아낸다. 오랜 시간을 들여 깊게 조리하고 재료들의 풍성한 하모니에 집중한다. 가을 메뉴를 준비하는 프랑스 코스 요리 식당의 주방은 이국적인 향신료 냄새로 가득 찬다. 셰프복 옷깃에 버터 냄새가 밴다. 연신 새 메뉴를 기미하느라 후각과 미각은 감각의 역치를 넘어선 지 오래다. 이런 날에는 칼칼하고 시원한 짬뽕 한 그릇이 간절하다.

　참다못한 셰프가 직접 웍을 잡는다. 먼저 태양초 고춧가루와 청양 고추 한 줌, 대파 한 뿌리를 넣고 고추기름을 만든다. 센 불에 재바르게 볶아야 타지 않고 풍미가 진한 고추기름이 뽑힌 다. 재료는 물기를 빼고 미리 준비해둬야 정확한 타이밍에 웍 안 으로 투척할 수 있다. 달궈진 웍 위로 불길이 치솟는다. 기름에 녹아야 할 향이 모두 빠져나오면 오랫동안 우린 채수를 부어 한 소끔 끓인다. 면은 끓는 국물로 토렴해 사발에 담는다. 공평하 게 건더기를 나누고 그 위로 바시랑바시랑 끓는 국물을 붓는다. 매웁하다. 콧잔등에 땀방울이 송골송골 돋는다. 다른 국물들은 용매와 용질이 비가역적으로 결합한 용액인 데 반해 짬뽕 국물 은 물과 기름이 섞인 듯 분리되어 혼재하는 유탁액emulsion이 다. 눈에 보이지 않는 아주 작은 기름방울들이 육수 사이사이에 분산한다. 어떤 것은 고추 향을, 어떤 것은 해물 향을, 어떤 것은 고기 향을 머금고서 국물 사이를 돌아다닌다. 이 중 예닐곱 개가 만나 뭉쳐지면 눈에 보이는 크기로 자라 국물 위로 떠오른다. 국 물의 수면 위에서 재료들이 숨겨온 향이 톡 터진다.

짬뽕의 메카는 서울 연희동, 인천 차이나타운 그리고 전라 북도 군산이다. 인천과 연희동의 짬뽕은 중국 푸젠성 탕육사면 (탕로우스미엔)이 일본 나가사키를 거쳐 한국에 전해진 것이다. 붉지만 뽀얗고 맵지만 부드럽다. 오랜 시간 우려내, 건더기에선 국물 맛이 나고 국물에선 건더기 맛이 난다. 반면 군산 짬뽕은 개항기 화교들에 의해 산둥성의 초마면(차오마미엔)이 들어와 맑은 가락국수로 팔리다 고춧가루를 만나 자리를 잡은 음식이다. 재료를 아낌없이 넣고 빠르게 조리해 각각의 맛을 살린다. 국물은 맑고 칼칼하다. 고기와 해산물이 산처럼 쌓여 나오니 그 아래 담긴 면은 찾기조차 어렵다. 지금도 군산의 중국집에서는 개항기의 모던한 맛을 그대로 담아낸다. 군산은 미친 듯이 매운 짬뽕으로도 유명하다. 군산 '지린성'의 얼얼한 짬뽕에 들어간 청양 고추는 걷어내고 걷어내도 여전히 많다. 요즘의 엽기적 매운맛 음식처럼 캡사이신 가루나 액상 제품으로 아픈 맛을 낸 게 아니어서 괴롭지 않고 맛있게 맵다. 그러나 매운 정도만은 무엇을 상상하든 그 이상이다. 먹다 보면 단무지에서도 매운맛이 난다는 착각에 빠진다. 지금도 이 짬뽕집 옆으로는 눈물을 훔치며 나온 손님들을 위한 달고 찬 식혜를 파는 가게가 서너 곳이나 성업 중이다. 시원하고 달콤한 식혜를 연거푸 몇 잔 마셔도 쉽게 가시지 않는 매운 여운이다. 예나 지금이나 짬뽕은 그 매운 국물로 몸과 마음의 헛헛함을 채워왔다. 그렇기에 짜장면의 달콤함이야 '자장면' 된다고 섭섭하겠냐마는, 짬뽕의 칼칼함을 '잠봉'으로 순화할 수는 없다. 사발을 들고 후루룩 국물을 끝까지 마신 후 온도가 딱 맞는 시원한 물 한잔까지, 짬뽕은 허기진 마음을 위한 정신적 건강식이다.

처음 군산 짬뽕의 진수를 맛본 날, 얼얼한 혀를 달래려 근처 커피 전문점에서 아이스라테 한잔을 마셨다. 카페 책장에 꽂혀 있는 책들은 주인장의 취향을 나타내는 표식이다. 책등의 면면을 보니 이곳 주인장은 군산 토박이다. 그리고 시인이거나 아니면 문학에 관심이 많아 뵌다. 군산의 역사 자료와 군산 출신 작가의 책 사이사이에서 소설가 채만식의 책 몇 권이 눈에 든다. 질문이 조심스럽다. 채만식, 군산을 상징하는 소설가지만 친일 반민족행위자로 낙인찍힌 바 있다. 대답도 조심스럽다. 하지만 대화의 뉘앙스와 공간의 앙비앙스로 미루어 군산 사람들은 채만식을 내치지 않고 끝내 품는 모양새다. 동향인에게 그가 남긴 정신적 유산을 외면하긴 힘들 테다. 채만식은 민족문학작가회에서 발표한 친일문학인 42인 명단과 민족문화연구소의 친일인명사전 문학 부분에 수록되었고, 친일반민족행위진상규명위원회가 발표한 친일반민족행위자 705인 명단에도 포함되었다. 일제강점기 말기에 발표한 《아름다운 새벽》《여인전기》는 일제에 부역한 친일 소설이다. 그런가 하면 식민지 농촌 현실을 그린 《보리방아》는 조선총독부의 검열로 연재 중단의 고초를 겪었다. 역설적인 사회풍자 소설 《천하태평춘》, 부조리한 사회상을 냉

소적으로 묘사한《탁류》, 완전한 통속 소설로 분류되는《금의 정
열》, 여성 해방을 주창하는《쑥국새》등 해방을 전후한 얼마간의
시기 그의 행보가 지그재그 갈지자다. 그 시절 그에게 분 바람은
꽤나 매웠나보다. 광복 후 자전적 단편 소설〈민족의 죄인〉을 통
해 자신의 친일 행위를 고백해 친일 행적을 인정한 최초의 작가
이기도 하다. 채만식은《탁류》의 들머리에 이렇게 썼다.

에두르고 휘돌아 멀리 흘러온 물이, 마침내 황해 바다에다가 깨
어진 꿈이고 무엇이고 탁류째 얼러 좌르르 쏟아버리면 강은 다
하고 (…) 이것이 군산이라는 항구요, 이야기는 예서부터 실마
리가 풀린다.

소설가
이외수

내 마음의 낯섦

충고는 고충이다.

__이외수《들개》

신사역 브로드웨이영화관. 연인의 첫 극장 데이트다. 커다란 팝콘 한 통이 두 사람 사이의 팔걸이에 놓인다. 하얀 팝콘의 살코기는 공기 반 버터 반이다. 빅뱅처럼 순식간에 터진 알갱이는 어떤 조리법으로도 만들어지지 않는 특별한 질감을 제공한다. 따뜻하고 부드럽다. 한 줌 집어 입속에 털어넣으면 고소한 배내 향만 남긴 채 이내 녹아 사라진다. 가벼운 무게 덕에 입에서 간지

러운 주전부리 중 유일하게 몸에 대한 죄책감을 동반하지 않는다. 바닥에 깔린 완전히 터지지 않은 옥수수 알갱이야말로 팝콘의 백미다. 녹은 버터와 소금에 싸인 샛노란 꼬투리는 잔인할 정도로 맛있다. 하지만 지금은 팝콘을 탐미할 시간이 아니다. 옆자리까지 소리가 들리지 않도록 조그맣고 단단한 알갱이를 꿀떡 삼킨다. 영화 내용은 포기한 지 오래다. 서로의 손이 팝콘 통 안으로 동시에 들어간다. 이 순간, 서로의 손끝은 닿아야 하는 걸까 말아야 하는 걸까? 서로가 만들어갈 시간에는 행복한 만큼의 대가가 따를 것을 알기에 망설여진다. 진실을 알게 된 눈빛은 서로를 벨 듯 날카로워질 테고, 날카롭게 뱉은 모난 말들은 입술에 새겨질 테다. 시작하지 않고 지금의 온전한 감정만 영원히 지키고도 싶다. 그런데도 결국 모든 일은 팝콘처럼 팡 터지며 시작된다. 그녀의 왼쪽 뺨이 나의 오른쪽 어깨에 닿는다. 움직이지 않는 어깨는 말 없는 질문에 대한 분명한 답변이다. 그녀가 소르르 머리를 기댄다. 그렇다, 이제부터 남겨진 팝콘은 전부 내 거다.

언제나 시작은 설렘과 낯섦이 지배한다. 새로운 해가 되고 새로운 계절이 돌아올 기미가 보이면 주방은 새로운 메뉴를 준비하느라 부산해진다. 요리사에게 새 메뉴를 꾸리는 일은 연인이 사랑을 시작하는 순간만큼이나 설레면서 또한 두렵다. 업계의 트렌드는 쏜살같이 변하고 생성되는 상상력은 다급한 마음을 따르지 못한다. 타인의 감각을 설득하는 일에 정답이 있을 리 없다. 가장 개인적인 것이 가장 창의적인 것이라는 마틴 스콜세지 감독의 말도 그 정도 되는 사람들의 이야기다. 바닥에 납작 엎드려 겸손의 끝에 닿아야 겨우 내 맛 하나를 길어 올린다. 대단했던 셰프의 자존감은 한없이 쪼그라들고 모든 것이 불안하고 초조하다.

　주방뿐 아니다. 연초는 많은 이들에게 새로운 도전과 두려움의 시기다. 새 학기가 시작되고 입대나 복학하기도 하며 새로운 직장으로 자리를 옮기기도 한다. 그간의 익숙함은 낯섦으로 바뀌고 새 환경에 긴장한 탓인지 어이없는 실수가 발생하기도 한다. 어느 해 새롭게 입사한 주방에서 있었던 일이다. 셰프는 스테이크용 새우 네 마리를 구워 오라고 명령했다. 냉장고를 열었을 때 보인 것은 새우젓이었고, 나는 새우젓 네 마리를 머리와 꼬리의 위치를 맞추어 커다란 팬에 노릇하게 구워 갔다. 수염까지 반듯하게 살린 손톱보다도 작은 새우젓 네 마리. 지금 생각하면 도무지 그 당시의 나를 이해할 수 없다. 거대한 부끄러움은 십수년이 지난 지금도 온전히 나의 몫이다. 올해도 어김없이 발생한 새내기의 놀랍고도 새로운 실수와 함께 이 웃지 못할 에피소드는 또다시 회자한다. 시작은 누구에게나 곤욕이다. 지금은 베테랑인 척하며 잔소리가 많아진 사수도 처음에는 어설펐다. 이 시기에는 주변 말과 상황에 휘둘리지 않을 자신감이 필요하기도 하다. 중요한 것은 변하지 않는 시작의 마음이다. 사실 삶의 정답은 전혀 어렵지 않다. 다만 그것을 실천하면서 살기가 어려울 뿐이다. 이외수의 소설 《들개》의 한 문장을 한 살 더 먹어 말이 많아진 나에게 돌려준다.

충고는 고충이다.

"요즘 것들은 버릇 없다. 세상이 어찌 되려는지 큰일이다." 1501년생 퇴계 이황이 1536년생 율곡 이이에게 한 말이다. 하지만 지금은 액면가상 율곡의 것이 퇴계의 것보다 다섯 곱절 비싸다. 1992년 세계적인 팝 그룹 뉴 키즈 온 더 블록의 내한 공연은 김포공항 입국 때부터 사고가 끊이지 않았다. 당시 기성세대는 큰 충격을 받았고, '상업주의, 집단 이기주의, 향락주의, 퇴폐적 문화' 같은 자극적 단어들이 비약에 비약을 거듭하며 입에 오르내렸다. 1969년 가수 클리프 리처드가 내한했을 때 여대생들은 입고 있던 팬티를 무대 위로 투척한다. 당시 1940년대생들의 일탈은 1970년대생들의 그것보다 오히려 매콤했었다. 박칼린 감독이 연출한 뮤지컬 〈시스터즈〉는 1930년대부터 활동한 걸그룹들의 이야기다. 철저한 고증으로 모든 것을 그대로 재현해냈지만, 무대의상만큼은 현재의 법령과 통념이 당시의 파격을 따를 수 없어서 조금 순한 맛으로 윤색한다. 공연을 본 가수 윤복희는 내용에 대한 극찬과는 별개로, "치마를 더 찢어. 우린 더 치열했어"라는 일갈을 남긴다. 윤복희가 속해 있던 걸그룹 코리언 키튼즈는 지금의 기준으로는 공연음란죄에 해당하는 파격적 의상으로 BBC 〈투나잇 쇼〉에 출연하는 등 세계적인 인기를 누렸다. 내가 하면 로맨스 남이 하면 불륜이라는 의미의 시쳇말 '내로남불'은 돌고 도는 세대 사이 그럴싸한 변명이다.

J.R.R. 톨킨의 소설 《반지의 제왕》에 나오는 마법사 간달프나 J.K.롤링의 소설 《해리 포터》에 나오는 덤블도어 교수를 연상시키는 깊고 검은 눈동자와 길고 하얀 머릿결. 말년에 방송에서 보여준 소설가 이외수의 허허실실한 모습과 유유자적한 사유는 미움으로 점철된 세대 간 구조를 해체하고 진솔한 소통을 만들어냈다. 젊은 세대는 시대의 격의 없이 시간의 품격을 견지한 기성세대의 모습에 열광했다. 그가 트위터에 하는 말들은 계속 리트윗되며 서로의 마음을 안고, 살아갈 방향을 제안했다. 그가 자신이 머물던 시간을 정확하게 기억하고, 자기 경험을 마

중물 삼아 그 시간에 찾아온 사람들과 공감했기 때문이다. 그의 초년작은 그의 거칠던 젊은 시간을 확인할 수 있는 기록물이다. 1978년 작 《꿈꾸는 식물》에서는 타자화된 회색 도시와 그 안에서 살아남기 위한 처절한 몸부림을 그렸다. 춘천의 한 대학 정문 경비실 지붕 위 텐트에 기거하며 집필한 《들개》는 에곤 실레의 작품이 연상될 만큼 적나라하게 따갑고 솔직하게 아프다. 젊은 시절 치열한 감수성을 무기로 언어를 통해 바깥 세상과 투쟁한 그다. 바깥 외外에 빼어날 수秀, 그의 이름이 그의 삶을 대변하는 듯하다. 로마 속담에 '이름은 하나의 징후다'라는 말이 있다. 원어로는 'Nomen est Omen'이다. 원어의 라임에서 그가 즐겼던 음운의 유희가 떠오른다.

'이왕 아플 거면 삼월에는 아프지 마라.' 대학병원에서 대대로 내려오는 불문율이다. 레지던트가 전공의가 되고 책상에 앉아 전공 수업을 듣던 예과 학생이 의사 가운을 입고 환자 앞에 선다. 실수가 없을 수 없다. 그러한 시간은 그들을 단단하게 만들고 전문가로 성장시킨다. 의사고 요리사고 예외 없이 처음이 어설픈 건 누구나 마찬가지다. 나는 운이 좋게도 소설가 이외수의 글이 나이 들어가는 것과 똑같이 나이를 먹으며 그의 책을 읽었다. 사춘기 시절 젊은 감성으로 《장수하늘소》를 읽었고, 생각을 주위담을 만해졌을 때 《벽오금학도》가 나왔다. 글을 읽으며 내 호흡을 할 수 있게 될 즈음 《글쓰기의 공중부양》이 발간되었다. 그의 책은 그 시간의 자리에서 미래 세대에게 이정표를 제공한다. '체' 하지 않았기에 체하지 않는 글이다. 필요한 때 필요한 맛이었고, 주린 배를 채워주는 마음의 끼니였다. 그리고 시절을 돌이켜 시대의 벽에 갇히지 않게 하는 시간의 안내서다. 이외수가 2010년 펴낸 책의 제목은 《아불류 시불류》다. 我不流 時不流!

내가 흐르지 않으면 시간도 흐르지 않는다.

삼천포로 빠지다

천 년 전에 하던 장난을
바람은 아직도 하고 있다.

__박재삼 〈천년의 바람〉

포르투갈과 모로코의 월드컵 8강전이 막 시작될 참이다. 아내를
꼬드겨 같이 축구 중계를 시청한다. 축구에 관심이 없는 그녀는
언제나 약팀을 고른다. 나는 언제나 그녀가 고른 팀을 고른다.
심야의 이불 속 축구 관람에 주전부리가 빠질 수 없다. 삼천포산
쥐포를 꺼내 약한 불에 나릿나릿 굽는다. 나부작한 쥐포는 열을
받으며 순간 도독하게 부풀어오른다. 쥐치의 마른 기름이 불길

에 녹아 자글거린다. 이내 짭짤하고 고소한 냄새가 주방에 가득 찬다. 쥐포는 가운데는 촉촉하고 끄트머리는 바싹하게 구워야 한다. 달금하고 감미로운 감칠맛도 맛이지만 거칠고 뚝뚝한 가장자리의 식감이야말로 쥐포의 진미다.

축구 결과는 모로코의 승리다. 북아프리카 마그레브 사람들의 억눌렸던 환호와 그들을 옹호했다는 쓸데없는 자부심으로 이야기꽃을 피운다. 사실 아내와 함께 축구를 보며 쥐포가 먹고 싶어 이래저래 둘러댄 것이다. 어쩌면 축구보다는 겨울밤의 쥐포가 더 궁금했는지도 모르겠다. 월드컵 쥐포 상륙 작전은 대성공이다. 그런데 생각해보니 삼천포에서 쥐포가 도착한 것은 월드컵이 시작되기 전이었지 않은가. 그녀는 나를 귀여워하여 축구 시간에 맞춰 미리 쥐포를 사놓았다. 속도 모르고 열심히 꼬대긴 것이 민망하다. 남은 쥐포를 포슬포슬하게 찢어 입에 넣고 불근거린다. 경기는 졸깃하고 쥐포는 존득하다.

작년, 육전과 냉면의 고장 경남 진주로 향하던 중 고속도로 이정표를 보고 무엇엔가 홀린 듯 너무도 자연스럽게 핸들을 꺾어 사천 나들목으로 빠져나갔다. 이정표의 글자는 '삼천포'였다. 이성의 회로가 작동할 겨를도 없이, '잘 나가다 삼천포로 빠졌다'

라는 말을 따라야 한다는 언어적 강박이 물리적 순간을 지배했다. 이야기가 곁길로 샌다는 뜻의 이 말은 여러 유래가 있는데, 진주시 개발에 사용될 인프라가 삼천포로 빠져나가는 것을 두고 진주 사람들의 부러움이 담긴 넋두리였다고도 한다. 삼천포는 3천 번 파도가 부서지고 다시 일어서는 삼라만상의 묘의가 모두 담긴 포구라는 뜻이다. 아름다운 항구 삼천포는 박재삼 시인을 중심으로 한국 서정시의 주맥을 이어가는 시향이다. 해 질 녘 울음이 타는 강, 해 다 진 어스름의 진주 시장, 건어물을 팔던 어머니의 남은 고기 몇 마리, 그리고 생선 눈알 같은 은전 몇 개. 지금도 삼천포 시인들은 바다의 은빛 윤슬을 보며 세월에 녹슬지 않을 그 무엇을 고뇌한다.

삼천포항은 다양한 수산물이 유통되는 국제적 어항이다. 특히나 쥐포가 유명한데, 삼천포를 쥐포의 일종으로 생각하는 경우까지 있을 정도로 둘 사이는 떼려야 뗄 수 없는 관계다. 삼천포에서는 지금도 수작업으로 고품격 쥐포를 생산한다. 쥐치는 늦가을에 잡아 겨우내 말린다. 쥐치포를 만드는 쥐치는 따로 있다. 대가리가 말처럼 생겨 말쥐치라 불린다. 이마 한가운데 제법 긴 뿔이 나 있다. 유니콘이라고 부르기엔 뾰로통한 표정의 너부데데한 얼굴이 우스꽝스럽다. 쥐포 한 장을 만드는 공정은 절대 녹록지 않다. 쥐치의 포를 떠 깨끗이 씻고 조미를 한 후 사흘에서 닷새 동안 숙성시킨다. 잘 숙성된 쥐치 어포는 모양을 잡아 발에 널어 말린다. 칼로 어포를 뜨고 통발에 널기까지 한겨울 쥐포 작업에는 모두 어촌 할머니들의 곱은 손이 닿는다.

쥐포는 삼천포항에서 처음 만들어지기 시작했고 지금도 삼천포 쥐포를 최고로 친다. 처음에는 팔리지 않는 생선을 말린 데서 시작되었지만, 명품 건어물이 되고서는 항구 전체에서 말쥐치 몸값이 제일 비싸다. 삼천포를 감싸고 도는 겨울바람은 모든 것을 멈춘다. 미생물마저 할 일을 미루고 그대로 멈추어선다. 부패가 일어나지 않으니 시간이 넉넉하다. 수분이 날아간 자리에는 공간이 생긴다. 새로운 아미노산과 방향족 분자들이 천천히 생성된다. 항구의 겨울바람은 당연히 일어나는 일들을 멈춰서게 하고 밋밋하던 것들 사이에 시간의 주름을 만든다. 그리고 그 사이에 상상하지도 못할 놀라운 비밀을 눌러담는다. 세상에 없던 맛과 향이 쥐치의 살결 사이로 천천히 스며든다. 쥐포는 바람이 멈춘 시간의 맛이다.

박재삼 시인은 삼천포에서 겨울바람에 서서히 변화하는 것들을 바라보며 노래했다.

천 년 전에 하던 장난을

바람은 아직도 하고 있다.

압록강은 흐른다

그리고,
우리는 그 곳에서 아무도 말하지 않았다.

＿이미륵《압록강은 흐른다》

2층 단독 방에서 국방부 장관과 외교부 장관, 국토부 장관이 오찬 중이다. 1층 홀에서는 민정수석과 정무수석이 법제처장을 대동하고 커피를 마시고 있다. 작은 방에서는 주미한국대사 부인과 주한미국대사 부인이 식사하고 있다. 음식을 나르러 들어가니 그녀들의 테이블 위에 북으로 보내질 대통령 '친서'라는 것의 실물이 놓여 있다. 주한일본대사는 작은 방을 예약해 혼자서 식사하고 있다. 일본은 지금 정보에서 멀어져 동태를 알 방법이 없기에 우리 식당에 와서 귀동냥하려는 중이다. 식당 앞에는 일간지 기자들이 하루 종일 어슬렁거린다. 식당이 청와대 근처에 있다 보니 난데없이 역사의 한복판에 서게 되었다. 매일 아침 출근길에 국가 의전 서열과 예약 차트를 번갈아 확인한다. 맛있는 식사와 함께한 부드러운 물밑 작업 끝에 결국 남북정상회담은 성사되었고, 산파의 마음으로 뿌듯하게 역사적 순간을 지켜본다. 그날 판문점 북측 건물에는 평양냉면을 뽑기 위한 옥류관 제면기가 공수되었다. 남북 정상이 마주 앉아 냉면과 랭면을 맛 좋게 먹는다. 긴박했던 몇 달이 지나고 엠바고도 풀렸으니 근질거리던 입을 털어야겠기에, 적조했던 친구들과 소주 한잔 약속을 잡는다.

퇴계로 필동의 한 냉면집에서 어복쟁반과 평양냉면 한 사발씩을 놓고 친구와 마주 앉았다. 정치부 취재기자인 친구는 며칠 전 옥류관에 있었다. 남북 관계고 세계 정세고 다 떠나서 최고의 관심사는 옥류관 냉면의 진실한 맛이다. 직접 맛을 본 그는 평양냉면이 생각보다 심심하지 않고 먹기 좋은 감칠맛이 있다고 평한다. 그렇게 그 시기 평양냉면은 잠시나마 '우리의 소원'을 이루는 구체적 목적물이 되었다. 남북정상회담에 대한 외신들 보도는 대부분 각자의 역내에 미칠 정치적 분석이다. 하지만 음식문화에 큰 의미를 부여하는 프랑스만큼은 소재가 남다르다. 《르 피가로》는 양국 정상이 식탁에 얼마나 거리를 두고 앉았는지, 누가 먼저 젓가락을 들고 식사를 시작했는지까지 보도했고, 《르 몽드》는 한국전쟁에서부터 남북의 역사 속에 자리 잡기 시작한 냉면이 어떻게 다시 평화의 상징이 되었는지에 관심을 가졌다. 냉면은 미래 한국의 문화적 소프트 파워다. 프랑스 신문 기사 제호가 오히려 우리 일간지 머리기사보다 쫄깃하고 의미심장하다.

여름이 되면 평냉파의 캘린더는 서울 사대문 안의 평양냉면 노포 이름으로 빼곡하게 채워진다. 평양냉면은 메밀로 만든 면이 툭툭 끊기고 슴슴한 느낌이 나는 물냉면이다. 반면 함흥냉면은 감자 전분을 넣어 만든 쫄깃한 압면에 동해안에서 많이 나는 생선회를 올려서 매콤하게 만들어 먹는 비빔냉면이다. 어린이의 맛 함흥냉면은 문제가 아니지만, 어른의 맛 평양냉면은 언제나 여름철 냉면 논쟁의 중심에 선다. 평안도 출신 김남천과 강원도 출신 이효석이 나눈 평양냉면 논쟁이 1930년대 일이니, 논쟁의 역사 또한 유구하다. 김남천은 글쓰기의 원동력이 고향 음식 평양냉면에 있음을 분명히 한다. 매끌거리는 국수오리를 감물고 쫄쫄 빨아올리던 기억이 밥보다 먼저이다. 속이 클클한 때

라든지 화가 치밀어오를 때 담배를 피운다든지 술을 마신다든지 하는 일은 흔하지만 이럴 때 국수를 먹는 사람의 심리는 평안도 태생이 아니고서는 좀처럼 이해하기 힘들 것이다. 이에 반해 강원도 출신 이효석에게 절친 김남천 손에 이끌려 먹는 평양냉면은 곤욕이었다. 그는 수필 〈유경식보〉에서, '평양에 온 지 사 년이 되었으나 자별스럽게 기억에 남는 음식은 아직 발견하지 못했다. 평양냉면을 대하면 그 멀겋고 맛없는 꼴에 처음에는 구역질이 난다'라고 했다. 그러자 김남천은, '서울에서 횡행하는 냉면은 유사품일 뿐이다. 그러니 평양냉면이나 메밀국수는 친척간이나 되나마나 하다'며 받아친다. 그래도 그들은 냉면 말고는 의기투합하여 둘도 없는 소중한 도반으로 생을 마친다.

평안도에 평양냉면, 함경도에 함흥냉면이 있다면 황해도에는 해주냉면이 있다. 남한에서는 잊힌 맛인데, 황해도는 경기도 바로 위에 있는 북의 행정구역으로 오히려 그곳 음식이 남측 사람 입맛에 제법 맞춤하다. 비빔장을 사골 육수에 넣어 먹으니 매콤하고 달콤하고 담백하고 시원하다. 경기도 북부 지역에 황해도에서 내려온 실향민들이 많은 탓으로, 이 지역에 종종 해주냉면을 파는 곳이 있다. 헌법상 광역자치단체 중 가장 가깝고도 가장 먼 해주에는 또한 소설가 이미륵과 그의 보물 같은 소설 《압록강은 흐른다》가 있다.

삼월 어느 맑은 날 오후, 나는 신막을 향해 떠났다. 신막은 이틀을
꼬박 걸어야 도착할 수 있는 작은 시장 마을로, 기차가 다닌다고
했다. 거기에서 기차를 타면 우리나라의 북쪽 국경을 넘을 수 있
을 것 같았다. 국경 밖으로 벗어나면 계속해서 서쪽으로 가는 길
을 찾을 수 있고, 그러면 틀림없이 유럽에 도착할 수 있을 것이다.
　　　　　　　　　　　　　　　　　　　 ＿이미륵《압록강은 흐른다》

　여권도 차표도 없이 해주발 유럽행을 감행한 다섯 살 미륵
은 역무원에게 붙잡혀 그 첫 도전이 실패로 끝난다. 그는 결국
경성의학전문학교 재학 중 3·1운동 참여로 수배된 뒤 안중근의
사촌 안봉근의 도움으로 해주에서 뮌헨으로 넘어간다. 하이델
베르크대학에서 의학을 전공하고 뮌헨대학에서 생물학 박사가
되고서는 1946년 소설《압록강은 흐른다》를 펴낸다. 독일 피퍼
출판사에서 독일어로 펴낸 이 소설은 베스트셀러가 되고, 독일
중고등학교 국어(독일어) 교과서에까지 실린다. 외국인이 쓴 소
설로서가 아닌, 독일어로 쓰인 글 중 좋은 묘사의 표본으로서다.
소설은 전혜린에 의하여 1960년 우리말로 번역되어 독자들 품
에 안겼지만, 소설가는 죽을 때까지 결국 남과 북 어느 쪽 땅도

다시 밟지 못했다.

　남쪽 사람들 대부분이 그렇듯, 나는 북에 가보지 못했다. 우리 음식 절반의 실존을 확인하지 못하고 관념적으로 추측할 뿐이다. 말이라는 게 '아' 다르고 '어' 다르다고 하지만, 상황과 말투에 민감한 사람들에게는 '아' 다르고 '아' 다르다. 맛 또한 그래서 선 굵은 분류와 이성적 논리로는 추측이 불가능한 작고 감각적인 차이들이 있다. 그 공간, 그 소리, 그 냄새가 나야만 비로소 온전해지는 맛의 경험들이 있다. 맛을 둘러싼 이러한 입장감은 직접인 것이어서 분명하게 다른 맛과 향을 자아낸다. 우리에게는 갈라파고스섬처럼 단절되어 오랜 시간을 보낸 북의 음식들이다. 그곳 음식이 담지한 먹는 까닭과 맛의 곡절이 궁금하다. 서민들의 살아가는 이야기와 사람들의 실생활이 궁금하다. 안방에 둘어앉아 먹는 밥상 위의 음식과 그 위에 흐르는 대화가 궁금하다. 그들의 내밀한 사생활과 진실한 안속이 궁금하다.

　가수 양희은의 책《그러라 그래》에 나오는 문장이다.

　사람도 냉면과 똑같다는 생각이다. 냉면도 먹어봐야 맛을 알 듯, 사람도 세월을 같이 보내며 더 깊이 알게 된다. 꾸밈없고 기본이 탄탄한 담백한 냉면 같은 사람이 분명 있다. 자기 있는 그대로 보여주는 솔직한 사람, 어떤 경우에도 음색을 변조하지 않는 사람, 그런 심지 깊은 아름다운 사람.

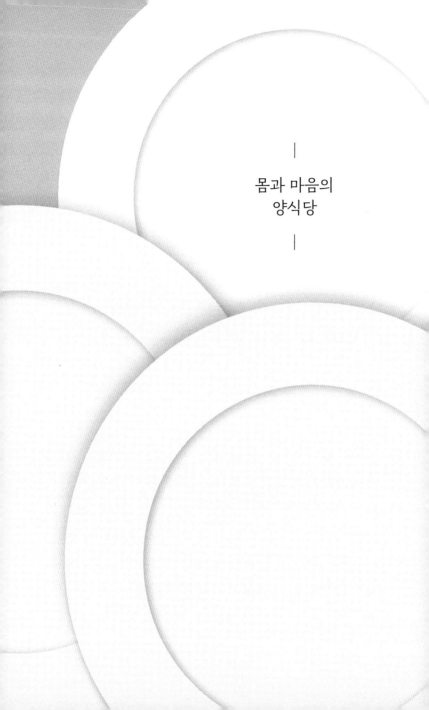

몸과 마음의
양식당

잃어버린 시간을 찾아서

라임꽃 향이 나는 차에 적신 마들렌 조각의 맛을 느끼자마자,
그 순간 내 찻잔 속에는 우리 정원과 스완네 공원에 있는 꽃들과
루와르강의 수련, 마을의 작은 집과 착한 사람들,
그리고 콩브레 교회와 그 주변이 뚜렷하게 나타났다.

___프루스트《잃어버린 시간을 찾아서》

일리에-콩브레 마을의 한적한 주말, 마르셀 프루스트의 고모네 집 마당에는 아기별꽃이며 꽃다지, 종이꽃 같은 작은 꽃들이 한가득 피어 있다. 정원으로 들어서자 갑자기 주변의 모든 소리가 사라지고 땅 냄새 위에 풀 냄새가 공간을 가득 채운다. 《잃어버린 시간을 찾아서》 2편 '꽃 핀 소녀들의 그늘에서'에도 등장하는 우윳빛 눈빼꼼꽃이 마당 한편에 옹기종기 피었다. 녀석들은 이

른 봄 녹지 않은 눈 사이로 초롱처럼 고개를 숙인 채 수줍게 피어서 그런 이름을 얻었다. 반가운 마음에 무릎을 꿇고 향을 들이마시니 비 온 뒤 젖은 땅의 냄새가 훅하니 올라온다. 콧방귀를 서너 번 뱉으니, 그제야 초롱 속에 들어 있는 달콤한 향이 느껴진다. 소설 속 어린 프루스트가 알아낸 것처럼, 작은 꽃들의 향기는 딱 무릎까지만 차오르기에 애써 맡아야 그 향을 느낄 수 있다.

> 라임꽃 향이 나는 차에 적신 마들렌 조각의 맛을 느끼자마자, 그 순간 내 찻잔 속에는 우리 정원과 스완네 공원에 있는 꽃들과 루아르강의 수련, 마을의 작은 집과 착한 사람들, 그리고 콩브레 교회와 그 주변이 뚜렷하게 나타났다.

20세기 최고의 걸작으로 꼽히는 마르셀 프루스트의 소설 《잃어버린 시간을 찾아서》는 홍차에 적신 마들렌 냄새를 맡으면서 그 냄새에 얽힌 과거의 기억이 불현듯 떠오르는 장면으로 시작한다. 현재의 감각과 과거 기억의 연관 작용을 의미하는 '프루스트 효과'는 많은 인지과학자에게 영감을 준다. 그리고 이 서사는 프렌치 셰프들이 요리를 통해 가장 많이 오마주하는 장면이기도 하다. 책을 쓰는 데 13년이 걸렸고, 편집되어 출간되는 데 다시 14년이 걸렸다. 읽는 데는 15년이 걸린다고 한다. 소설

《잃어버린 시간을 찾아서》는 총 7편 10권으로 구성되어 있는데, 2편 '꽃 핀 소녀들의 그늘에서'는 출간과 동시에 프루스트에게 콩쿠르상을 안겼다. 그는 책의 일부로 콩쿠르상을 받은 유일한 작가다.

어린 마르셀의 이야기는 콩브레 마을에서 시작된다. '콩브레'는 프루스트가 어린 시절을 보낸 '일리에'라는 마을을 소설로 옮긴 가상의 지명이다. 파리에서 출발하여 샤르트르를 지나 일리에로 가는 길은 너른 초원지대다. 마을에 가까워지면 한동안 산도 언덕도 없는 낮은 구릉지가 나온다. 시야의 절반은 하늘색이고 절반은 초록색이다. 조용하지만 지루하지 않은 풍경을 한참 달리면, 저 멀리 하늘에 손톱으로 그어놓은 듯한 일리에 교회당의 작은 첨탑이 보이기 시작한다. 지금 이곳의 법정 지명은 일리에-콩브레다. 프루스트 탄생 백주년이 되는 해에 프랑스 정부는 '일리에'의 지명에 소설 속 '콩브레'를 더해 새로운 행정구역 이름을 선포한다. 작가 이름을 딴 거리를 지정한 정도가 아니라 아예 행정 구역 자체의 이름을 바꾸었으니 프루스트에 대한 프랑스 사람들의 존경과 사랑이 짐작 간다. 지금도 인구 3천 명의 작은 마을 일리에-콩브레 골목들은 프루스트 숨결로 가득 차 있다.

프루스트가 어린 시절을 보낸 고모네 집은 현재 프루스트 박물관으로 운영 중이다. 오후 2시가 공식 오픈 시간이지만, 그나마 날이 너무 좋거나 너무 나쁘면 문을 닫아버린다. 아주 보통의 날에 방문해야 그의 채취를 맡을 수 있다. 마당은 프루스트가 2층의 제 방에서 홍차를 마시며 바라본 그대로다. 2층으로 올라가는 나무 계단은 연신 삐걱대는 소리를 낸다. 발을 디딜 때마다 오래된 목재 사이의 빈 곳에서 먼지와 이끼 냄새가 섞인 어른스러운 향기가 새어나온다. 프루스트의 방에는 그가 홍차를 마시며 회상에 잠겼던 침대가 놓여 있다. 하얀 차렵이불의 해진 누비에서 단잠을 잔 어린 마르셀의 배내 냄새가 나는 듯하다. 머리맡 협탁에는 당대 모든 예술가의 뮤즈였던 조르주 상드의 책 한 권이 놓여 있다. 옆방은 그의 서재다. 서재 안은 오래된 나무 책장의 향훈과 고서의 휘발된 잉크 냄새에 공기 밀도가 높다. 종이에서 떨어져나온 활자들 냄새가 공기 중에 떠다닌다. 서가 책들 사이로 천천히 걸음을 옮기면 공기 중의 단어들을 통해 문장의 냄새를 읽을 수 있다.

소설에서 홍차와 같이 먹는 마들렌은 가리비 모양의 구운 과자다. 프루스트는 마들렌 모양을 20세기 초 유행한 여인들의 펑퍼짐한 바지에 빗대어 묘사한다. 만연체로 유명한 그다. 이 묘사는 열세 줄에 걸친 단 한 문장이다. 마들렌 모양을 묘사한 문장 하나를 읽는 동안 마들렌 한 알을 다 먹을 수 있는 지경이다. 프랑스에서 마들렌의 시작은 당시 막 들어선 기차역에서 파는, 우리의 호두과자와 비슷한 과자였다. 지금은 고전적인 단어가 되어 오히려 향수를 불러일으키는 '증기기차' '몸뻬바지', 그리고 '마들렌'은 당시 어린 마르셀에게는 놀랍고 신선하고 '힙'한 사물들이었다. 특히나 긴 묘사를 할애한 여자들의 바지는 당시로는 금기를 깨는 새로운 도전의 상징이었다. 1801년 파리의 조례에 따르면 경찰서장 허가 없이 여성이 바지를 입는 행위는 불법이었다. 이 법령은 2013년까지 214년간 파리의 공기 중에 떠다녔다. 2013년 전에 바지를 입고 프랑스 파리를 여행한 여성들은 자신도 모르게 적극적으로 제도의 불의에 맞섰던 셈이다.

1922년, "그 이후에 더 이상 무엇을 쓸 수 있단 말인가!" 프루스트와 같은 시대를 살았던 영국 소설가 버지니아 울프는 그에게서 '글을 쓰고자 하는 욕망'과 '그처럼 쓸 수 없는 절망'을 동시에 느꼈다. 2022년, "프루스트의 불편함, 그를 읽지 않고 글을 쓸 수 있는가?" 노벨문학상을 받은 아니 에르노는 수상 소감에서 프루스트에 대한 열등감을 고백해 그를 오마주한다. 프랑수아즈 사강은 누구에게도 뒤지지 않을 프루스트의 열광적 팬이다. 그녀는 《잃어버린 시간을 찾아서》를 읽고 소설 속 등장인물 '사강'을 자신의 필명으로 삼았다. 그녀의 본명은 프랑수아즈 쿠아레다. 아인슈타인의 특수상대성이론과 함께 《읽어버린 시간을 찾아서》 첫 문장은 근대와 현대를 구획하는 특이점으로 여겨진다. 과거에도 지금도 그의 문장은 감각과 기억을 연결하려는 이들에게 영감을 주고 있다.

처음 프루스트를 읽으며 느꼈던 설렘이 기억나지 않는다. 생활의 퍽퍽함이야 그렇다 쳐도, 잃어버린 것들을 잊지 않기 위해 노력하고는 있는지 의문이 든다. 그동안 여러 메뉴를 통해 그의 소설을 인용했다. 마들렌 틀로 감자를 굽기도 하고 홍차로 수프를 끓여 찻잔에 내기도 했다. 여러 번의 반복 속에서 해석의 재치를 탐구하기보다는 하나의 구색으로 이용하는 경우가 늘어났다. 오래간만에 책장에서 그의 책을 꺼내 펼치니 빗장 속에 갇혀 있던 잉크 분자들이 산란한다. 그의 문장은 여전히 아름답다. 침울했던 하루와 슬픈 내일에 대한 전망으로 마음이 울적해져 있던 나는 마들렌 조각을 넣어 적셔둔 홍차 한 숟가락을 기계적으로 입술에 가져갔다. 그런데 과자 조각이 섞인 홍차 한 모금이 입천장에 닿는 순간, 나는 깜짝 놀라 몸속에서 벌어지는 특별한 변화에 주목했다. 원인을 알 수 없는 어떤 감미로운 기쁨이 나를 사로잡으며 고립시켜버린 것이다. 마치 사랑이 그러하듯 이 기쁨이 귀중한 본질로 나를 채우자, 삶의 우여곡절이 사소하게 느껴졌고, 삶의 재난은 위험하지 않고, 그 짧음은 착각으로 여겨졌다. 아니, 그 본질은 내 안에 있는 것이 아니라 바로 나 자신이었다. 프랑수아즈 사강의 소설《브람스를 좋아하세요…》의 질문을 되짚어 지금의 나에게 질문을 던진다.

자기 자신 이외의 것, 자기 생활 너머의 것을 좋아할 여유를 그녀는 여전히 갖고 있기는 할까?

___프랑수와 사강《브람스를 좋아하세요…》

소시지에 대한 실증

이성은
낯선 것과의 조우에서 시작된다.
__하이데거《존재와 시간》

철학과 소시지의 도시 하이델베르크에서 네카어강을 건너 하이델베르크성이 있는 뒷산 언덕에 오르면 '철학자의 산책로'가 펼쳐진다. 1919년 어느 날 하이데거는 하이델베르크성령교회에서 출발해 산책로 동쪽 능선을 오른다. 그는, "마음의 문을 여는 손잡이는 안쪽에만 달려 있다"라는 알 수 없는 말을 중얼거린다. 헤겔은 비스마르크광장 쪽에서 서쪽 다리를 건너 산책로에 들어

선다. "언어는 존재하는 진실이 거주하는 집이다." 그 또한 도무지 뜻 모를 소리를 나지막이 읊조리며 걷는다. 두 철학자는 하이델베르크대학교가 내려다보이는 산책로의 한중간에서 만난다. 관념주의 창시자 헤겔과 실존주의를 완성한 하이데거는 벤치에 나란히 앉아 도시락으로 싸 온 각자의 소시지를 꺼낸다. 선선한 강바람이 불어와 땀에 젖은 목덜미가 시원하다. 하이데거는 소시지가 짜지 않고 맛있다고 말한다. 솔트salt, 소스sauce, 소시지sausage는 같은 뿌리를 가진 말이니, '짜지 않아 맛있다'라는 문장은 모순이다. 현대사회가 가져온 열량의 풍요가 과거에는 귀했던 소금의 가치를 타자화하는 시간과 존재 사이의 모순이다. 헤겔은 그의 모순을 꼬집어 변증법적 논쟁을 막 시작할 참이다.

독일에는 다양한 소시지가 나름의 매력을 뽐낸다. 날것으로 먹는 메트 소시지는 괴테의 희곡 《파우스트》 속 낭만적인 악마 메피스토펠레스를 닮았다. 그 원초적이고 당당한 감칠맛의 유혹에 한번 빠지면 영혼을 건지기 힘들다. 입자가 조밀한 겔브 소시지는 건져내는 타이밍이 생명이다. 칸트가 지나가는 모습을 보고 사람들이 시계를 맞춘 것처럼, 이 소시지는 시간이 중요하다. 레시피에 딱 맞춰 조리하면 칸트의 경험론을 기반으로 맛의 황금률을 확증할 수 있다. 니체의 고독한 고결함은 바이스 소시지의 결백한 속살처럼 외롭고 처절하다. 바이스는 흰색이란 뜻인데, 흰색의 요리는 정결해야 하니 숙달된 조리사도 신경이 곤두선다. 비엔나 소시지는 프랑크 소시지의 인기를 시기해 만들어졌다. 청출어람, 프랑크 소시지를 넘어 소시지의 대명사가 된 비엔나 소시지는 쇼펜하우어의 삶과도 같다. 쇼펜하우어는 헤겔과의 라이벌 의식에 그와 같은 대학에서 강의를 개설한다. 첫 승부 결과는 참패였다. 헤겔의 강의는 성황리에 마감되지만, 쇼펜하우어는 단 두 명의 수강생과 가장 작은 강의실을 배정받는다. 그 두 사람의 수강자는 도스토옙스키와 톨스토이었다.

사조思潮에 맞는 소시지를 결정했다면 시조時潮에 맞는 맥주를 찾아야 한다. 맥주는 스타일이고, 맥주 라벨에 적힌 암호 같은 단어들은 입맛에 맞는 맥주 스타일을 찾아내는 오래된 색인이다. 필스너는 맑은 물로 빚어낸 청량하고 깔끔한 맥주다. 청렴결백한 논리주의자라면 풍미의 작은 차이를 통해 필스너의 정제된 노력을 이해할 것이다. 인디아 페일 에일IPA은 동인도회사가 배편으로 맥주를 수출할 때 다량의 홉을 넣어 선상에서 발효시킨 맥주다. 거친 환경에서 만들어진 강한 풍미와 다양한 향들은 모험을 즐기는 사업가에게 어울린다. 블랑은 흰색, 블론드는 금빛을 뜻한다. 용의주도한 전략가라면 직관적인 시트러스 계열의 흰색 맥주를, 호기심 많은 예술가라면 복합적인 베리 향으로 꽉 찬 황금색 맥주를 선택하는 것이 좋다. 흑맥주 스타우트는 스트롱 포터 즉, 강인한 노동자라는 뜻이다. 정의로운 사회운동가에게는 강건하지만 부드러운 흑맥주를 권한다. 바이젠은 보리가 아닌 밀로 만든 맥주다. 정의의 파수꾼, 용감한 수호자에게는 낯선 밀밭 탐험이 매우 흥미로울 것이다. 라거의 꽃이라 불리는 복bock은 도수가 높은 맥주다. 이 맥주는 격렬한 논쟁을 즐기는 시끄러운 변론가를 빨리 잠재우기에 좋다.

모든 논쟁을 과감하게 포기한다면 맥주는 에일과 라거로 양분할 수 있다. 에일이라는 단어는 '사람을 황홀하게 하는 마법의 쓴맛'이라는 밑말을 가진 앵글로색슨어 Alu에서 왔다. 상온에서 빠르게 발효하여 몰트가 가진 풍부한 맛과 향을 그대로 전한다. 풍부한 미네랄과 다양한 꽃 향기, 과실 향이 특징이다. 라거의 이름은 '저장하다'는 뜻의 독일어 lagern에서 왔다. 맥주가 견딘 긴 시간은 산뜻한 목 넘김과 기분 좋은 상쾌함을 만든다. 라거의 투명한 황금빛 사이로는 조밀한 탄산 기포가 끊기지 않고 요동친다. 사실, 소시지를 위한 맥주는 따로 있다. 전통적으로 독일에서는 밀맥주 바이젠이 소시지의 깐부다. 지금에 와서는 크게 괘념치 않으나 아직도 독일 노인들은 소시지에는 으레 밀맥주를 고집한다. 그들은 포크를 사용하지 않고 오른손엔 소시지를, 왼손엔 밀맥주를 들고 먹고 마신다.

헤겔과 하이데거는 아직도 소시지를 두고 논쟁을 벌이고 있다. 철학자의 산책로에 어둠이 깔리고 하이델베르크 시가에는 맥줏집이 하나둘 불을 밝힌다. 결론을 내지 못한 두 철학자는 시내로 자리를 옮겨 맥주를 한잔할 셈이다. 안주는 또다시 소시지다. 다행히도 독일에서 아침에 먹는 소시지와 저녁에 먹는 소시지는 완전히 다르다. 그들에게도 우리에게도 아침의 소시지는 관념적이고, 저녁의 소시지는 실존적이다. 그들이 언덕을 내려와 자리 잡은 곳은 하이델베르크대학교 학생식당 MENSA다. 이 학생식당에서는 1386년 이래 괴테, 헤겔, 야스퍼스 같은 철학자들이 책을 읽으며 밥을 먹었다. 교내로 들어선 그들을 더 이상 따라갈 수는 없다. 시내 맛집이 다양한 맥주와 소시지로 여행자의 감각을 유혹하지만, 그것으로 채울 수 없는 이성적 공허함이 있다. 교무과에 쳐들어가 소시지의 실증을 위해 그들이 먹고 있는 소시지를 먹어야 한다고 우긴다. 보통 이 정도 귀납적 억지는 철저한 연역적 규칙을 이긴다. 하루짜리 임시학생증을 발급받고 학생 식당에 앉아 소시지를 먹는다. 발음이 억센 독일어로 대화하는 젊은 하이데거와 헤겔에게서 거친 생동감을 느낀다.

알아들을 수는 없지만 독일어 발음은 감성적인 대화보다는 이성적인 논쟁으로 상상된다. 학생들 대화의 실존적 짧짤함은 이방인의 귀에서 관념적 달달함으로 들린다. 소시지로 얻는 열량의 양보다 대화를 통해 흩어지는 열량이 더 많아 보인다. 사유의 깊이는 속도의 문제는 아닐 것이다. 소시지와 맥주에 대한 논쟁 속에서 그들은 조금씩 천천히 영글어가는 것이 분명하다. 세계대전의 가해자이자 동시에 피해자가 되어 폐허로 남겨진 하이델베르크성의 지하 저장고에는 221,726리터짜리 세계에서 가장 큰 술통이 있다는데, 논쟁을 굳이 빨리 마칠 것은 또 무엇인가. 그들은 지금 가능한 희망을 가늠하고 있다.

하이데거는 《존재와 시간》에서 시간의 안녕을 묻는다. 하이데거 또한 천천히 시간을 사유했고, 결국 이 책은 지금도 다 쓰이지 않은 채 읽히고 있다.

가능한 것들이 실재하는 것보다 우선순위이다.

내 어머니의 해피엔드

왜냐하면,
나는 내 어머니의 해피엔드이므로.

__로맹 가리 《새벽의 약속》

'로망'이라는 단어를 소유한 도시 니스는 남프랑스에 있는 휴양지다. '천사의 만'이라 불리는 완만한 타원형 해안은 신이 가장 컨디션이 좋을 때 만들었다는 말이 전해질 정도로 아름답고 평온하다. 윤슬이 반짝이는 지중해를 따라 이탈리아까지 이어지는 '영국인의 산책로'는 2021년 유네스코 세계문화유산으로 선정되었다. 지중해의 바닷바람과 알프스의 산바람이 천연 에어

컨디셔너 역할을 해 니스의 기후는 연중 온화하다. 막무가내로 날뛰는 더위도, 고통을 유발하는 추위도 이곳에서는 만날 수 없다. 저녁이 되면 사람들은 한낮 동안 온몸으로 즐긴 바다를 새로운 감각을 통해 즐기기 시작한다. 미식에 있어 수위를 양보하지 않는 프랑스와 이탈리아의 자존심은 그 둘의 국경 니스에서 강하게 충돌한다. 해변의 식당에서는 바닷속에서 나는 모든 해산물을 모든 방식으로 조리한다. 니스 속담에 '생선은 물(지중해) 속에서 태어나 기름(올리브유) 속에서 죽는다'라는 말이 있다. 소금에 절인 멸치부터 버터에 구운 참치까지 크고 작은 생선이 접시 위에 오른다.

니스 기차역 앞 광장을 둘러싼 건물들은 지중해풍의 은은한 겨자색이다. 노란색 광장에 앉아 커피 한잔 마시며 지나가는 사람들을 바라보니 문득 로맹 가리의 소설 속 한 장면과 함께 3년 전 그것을 모티프로 만들었던 '글자들의 수프'라는 이름의 메뉴가 떠오른다. 단호박과 오렌지를 넣어 오랜 시간 끓인 '글자들의 수프'는 소설가 로맹 가리를 오마주한 메뉴였다. 당시 같은 색이지만 전혀 다른 두 재료를 배치한 것은 그가 가진 두 개의 이름 때문이다. 둘 다 노란색이지만 전혀 다른 맛과 무게감을 가진 오렌지와 단호박은 각각 에밀 아자르와 로맹 가리를 상징한다. 로맹 가리는 1956년 《하늘의 뿌리》로 콩쿠르상을 받는다. 이후 로맹 가리는 에밀 아자르라는 필명으로 이전과는 다른 문체를 사용해 다시 문학계에 등단한다. 결국 《자기 앞의 생》으로 1975년 두 번째 콩쿠르상을 받는다. 평생 한 번만 수상의 영예를 누릴 수 있는 콩쿠르상을 두 번 받은 유일한 작가다. 같은 색이지만 전혀 다른 맛의 단호박과 오렌지처럼 그 둘의 문장도 고된 삶의 이면에 있는 달콤함을 서로 다르게 푼다.

전쟁 중 가장 어둡고 어려운 시기에도 나는 항상 아무 일도 일어나지 않으리라는 느낌을 가지고 위험과 대면하였다. 어떤 일도 내게 일어날 수 없었다. 왜냐하면 나는 내 어머니의 해피엔드이므로.

＿＿로맹 가리 《새벽의 약속》

　로맹 가리의 자전적 소설 《새벽의 약속》은 바르샤바를 떠난 어린 로맹 가리가 니스 기차역에 도착해 택시를 잡아타는 장면으로 시작된다. 당시 로맹 가리 앞의 삶 또한 두 가지 노랑이었다. 시대는 단호박처럼 무겁고 퍽퍽했다. 러시아에서 유대인의 아들로 태어나 나치의 홀로코스트를 피해 니스에서 프랑스 국적을 취득해야 하는 삶은 칼이 잘 들어가지 않는 단단한 단호박과 같다. 그러나 그에게는 프로방스의 햇살과도 같은 어머니가 있었고, 결국 그녀의 의도대로 외교관이 되고 작가가 되어 프랑스인이 받을 수 있는 최고의 명예인 레지옹 도뇌르 훈장을 받는다. 게다가 작가로서 콩쿠르상을 두 번이나 받는 오렌지 같은 달콤한 과즙을 맛보게 된다. 소설의 첫 문장은 "모든 것이 끝났다"이고, 가장 마지막 문장은 "나는 살아냈다"이다. 완벽히 대비되는 두 문장을 마치 같은 의미인 것처럼 수미상관으로 배치하고, 그 사이에 자신의 이야기를 장편으로 삽입한다.

모든 사건은 우연히, 그리고 단박에 일어난다. 니스에 들러 이틀간의 휴가를 즐기던 중 길거리에서 〈라 트라비아타〉의 연극 버전 공연 포스터를 보게 되었다. 홀린 듯 극장을 찾아가 예매하고 정신을 차려보니 공연은 열흘 뒤다. 그렇게 난데없이 니스의 생활자가 되었다. 하릴없이 며칠이 지나고 그곳 공기가 익숙해질 때쯤 영국인의 산책로를 벗어나 그곳 사람들의 생활 터전인 구도심 뒷골목으로 들어섰다. 봄비처럼 미지근한 일월의 겨울비에 우산도 없이 카페에 들어온 마담은 옷깃을 툭툭 털고서 핫초코를 마신다. 오래된 책을 파는 고서점에는 프루스트나 위고 같은 프랑스를 대표하는 문호들의 초판본이 아무렇지도 않게 꽂혀 있다. 로맹 가리가 니스에서 머물던 집은 현재 로맹 가리 도서관이 되어 문학을 사랑하는 학생들의 보금자리가 되었다. 휴양지가 아닌 삶의 공간으로서 니스는 차분하게 다채롭고, 시크하게 촉촉하다.

아리아 〈축배의 노래〉로 유명한 베르디의 오페라 〈라 트라비아타〉의 원작은 뒤마 피스의 소설 《춘희 *La Dame Aux Camlias*》다. 중학교 2학년 시절 느닷없이 찾아와 저항할 겨를도, 구체적 이유도 없이 가장 사랑하는 소설이 된 책이다. 오페라 〈라 트라비아타〉의 국내 공연은 모조리 찾아다니며 봤다. 이번 공연은 프랑스어로 된 연극이었지만 줄거리를 잘 숙지하고 있으니, 무대 미장센에 집중한다면 현지에서의 즐거운 경험이 되리라고 자신했다. 그러나 이날의 작품은 철학적 사념을 담아 원작을 재해석하고 현대사회를 풍자한 부조리극이었다. 배우들은 미동도 없이 텅 빈 무대 가운데 서서 세 시간 내내 독백과 방백을 읊조렸다. 예닐곱 문장이나 이해했을까? 결국 위경련이 일었다. '트라비아타'는 '삶을 여행하는 방랑자' 즉, 인생에서 길을 잘못 든 사람을 의미한다. 비련의 여주인공 마르크리트가 '라 트라비아타'였다면 그날의 나는 '르 트라비아토'였다. 어려운 문장들로 점철된 이해할 수 없는 대사가 오가는 동안 할 수 있는 일이라고는 공연 전의 식사를 되새김하는 것뿐이었다.

니스 국립극장 2층에는 간단하게 식사를 할 수 있는 공간이 있다. 레스토랑이라기보다 그 지역의 음식으로 차려진 뷔페식 카페테리아다. 관객들은 공연 전 샴페인과 함께 간단하게 요기한다. 음식들은 단아하다. 프로방스의 햇살과 미스트랄 바람에 자란 재료를 단순하지만 단단하게 조리했다. 다만, 이곳이 프랑스임을 증명이라도 하려는 듯 치즈와 디저트는 조금 과하다는 생각이 들 정도로 다채롭고 화려하다. 뷔페는 차곡차곡 먹어야 한다. 가장 먼저 수프 앞에 선다. 영롱한 노란색 수프는 단호박과 오렌지로 만들어졌다. 3년 전《새벽의 약속》을 모티프로 만든 '글자들의 수프'가 다시금 떠오른다.

일반적으로 셰프들은 자신이 디자인한 메뉴와 유사한 콘셉트를 마주하면 극도로 날카로워진다. 조심스레 누가 먼저 그 메뉴를 판매했는지 SNS 게시물을 살펴보는 한편, 표현된 결과물을 놓고 수준의 높낮이를 채점한다. 독창적이라고 믿었던 자신의 작업에 의구심이 들고 속상함과 불안감에 심장이 요동친다. 그러나 니스에서 단호박과 오렌지 수프 메뉴를 만났을 때는 그러한 괴로움 없이 그저 반가웠다. 반갑다기보다는 현지의 감성과 맞았다는 안도와 유치한 자긍심으로 콧대가 한 치는 높아졌다. 니스 국립극장의 셰프에게도 단호박은 로맹 가리, 오렌지는 에밀 아자르였을 것이라고 상상의 나래를 편다. 주방에서 셰프가 조리를 마치고 뒷정리하고 있다. 아무것도 모르는 그에게 나만 아는 이상한 의미가 담긴 눈인사를 건넨다. 표현할 수 없었던 것들을 하나씩 표현하는 일. 로맹 가리의 삶과 행복은 그 안에 있었다. 그는 삶의 마지막 줄에 이렇게 적는다.

나는 마침내 나를 완전히 표현했다.

너와 함께 하고 싶다

봄이 벚나무에게 한 일을
나는 너에게 하고 싶다.

_네루다 〈스무 개의 사랑의 시 14〉

봄이 벚나무에게 한 일을

나는 너에게 하고 싶다.

칠레가 사랑하는 민중 시인 네루다. 그의 시는 독창적 은유로 가
득하지만, 시어의 의미는 송곳처럼 정확하게 그가 의도한 자리
에 가서 찍힌다. 누구나 공감하고 쉬이 이해하는 직관적 은유의

힘이다. 칠레 와인은 그의 시구처럼 진한 설득력이 있다. 일반적으로 프랑스나 이탈리아 같은 유럽의 와인을 표현하면서 우리는 다양한 과일이나 음식, 심지어 먹을 수 없는 것들의 느낌까지 빌린다. 샤르도네 포도로 만든 샴페인은 상냥하면서도 진중하다는 표현이 적당하다. 시큼한 청사과 향이 기포와 함께 샤라락 터지고 나면 그 사이로 달콤한 군고구마 향이 느껴진다. 시칠리아섬의 화이트와인에서는 여름 복숭아의 달짝지근한 맛이 난다. 와인잔의 림을 타고 넘실거리는 농익은 황도 향에 정작 청포도 향은 찾으려야 찾을 수가 없다. 템프라니요 포도로 만든 레드와인은 피레네산맥 응달에서 자란 화이트 아스파라거스 향이 지배적이다. 산맥을 타고 넘는 높새바람과 함께 프랑스에서 스페인으로 국경을 넘을 때 만나는 그 통통한 아스파라거스다. 사실, 라임이나 들장미며 가죽과 초콜릿 등 와인의 맛과 향을 표현하는 수사는 결국 하나의 은유다. 우리는 와인을 만들 때 포도 외에 어떤 것도 첨가하지 않는다는 사실을 이미 알고 있다.

라인강에서 자란 리슬링 포도로 만든 와인에서는 석유 향이 난다. '패트롤'이라고 부르는 은은한 석유 향은 기계를 잘 다루는 독일인의 기풍에서 온 뉘앙스라고 하는데, 실제로 독일 포도에는 등유나 경유에서 발견되는 1,1,6-트리메틸-1,2-디하이드로 나프탈렌 분자가 들어 있다. 이는 자외선으로부터 포도알을 보호하는 카로티노이드가 분해되며 생성되는 여러 방향족 탄화수소 중 하나다. 루아르강 상류의 와인은 유럽 내륙 깊숙이에서 만들어지지만, 마른 산호와 불가사리에서 느껴지는 바다 냄새가 난다. 융기, 침식, 풍화의 시간을 거친 포도밭에는 바다로부터 온 2가 양이온을 포함한 탄산염이 풍부하기 때문이다. 상세르의 포도 농부는 산간의 포도밭에서 조개껍데기 화석을 흔들며 그의 와인 속 바다 느낌이 단순한 심리적 플라시보가 아니라는 사실을 강렬하게 주장한다. 문학적 표현이건 과학적 이유이건 우리는 기분 좋은 상상 속에서 생각지 못한 와인의 향기에 취한다.

와인이 품고 있는 향들은 관념적 표현이자 실존적 분자다. 해풍에 쓸려온 염분과 강을 타고 떠내려온 광물, 그리고 고대 지각 활동의 전설이 담긴 겉흙은 다양한 맛과 향의 근간이다. 풍토가 다르면 다른 와인이 만들어지는 화학적 이치다. 남과 북으로 긴 칠레 영토의 북쪽은 적도에 인접한 사막지대며 그 반대쪽은 남극에 연한 빙하지대다. 동쪽은 해발고도 5천 미터를 넘는 안데스산맥이고, 서쪽으로는 남태평양이 펼쳐진다. 거의 모든 위도와 거의 모든 고도를 소유한 칠레에는 거의 모든 작물을 위한 거의 모든 환경이 펼쳐진다. 건조하고 맑은 대기에 작열하는 태양은 포도나무 뿌리가 오래된 땅속 미네랄을 죽죽 빨아올리는 원동력이다. 저녁이 되고 남태평양이 포도주빛으로 물들면 홈볼트해류에 밀려온 남극의 차가운 해풍이 4천3백 킬로미터 해안선을 우르르 넘는다. 찬바람에 한낮 치열했던 합성의 시간이 멈춘다. 포도 낱알은 남반구의 별자리 아래서 사색에 빠진다. 이 과정에서 당도와 산도가 지극히 높아진다. 향 사이로 맛이 밴다.

남회귀선을 지나는 공정한 햇살과 산맥과 대양 사이 공평한 고도는 칠레의 포도알에 수많은 단어를 새긴다. 과거에는 분명한 '무엇'이었을 무기물과 유기물 분자가 잘리고 분해되어 자신의 본모습을 감춘 채 뿌리를 타고 올라와 포도알 사이마다 알알이 스민다. 이 맛과 향의 단어들은 땅과 하늘을 이해하고 존중하는 안데스 마푸체 농부들의 발소리에 그 어미가 서서히 변형되어 적당한 품사로 바뀐다. 남미의 단어들은 오랜 시간 오크통에서 반죽되어 칠레 와인이라는 화려하면서도 직관적인 새로운 문장으로 변한다. 북반구의 양조 레시피를 문법으로 삼고 남반구의 풍토를 사전으로 삼아 만들어진 와인은 직관적 은유가 매력적인 문장이 된다. 알아듣지 못할 어려운 수사로 가득 찬 환유의 불편함도 아니고, 흥미 없는 직유의 뚜렷함도 아니다. 적당한 상상 속에서 톡 하고 터져나가는 맛깔난 은유다.

프랑스에서는 수확기가 되었을 때 포도가 8할 이상 익은 경우를 '세기의 빈티지'라 하는데, 칠레 중부 마이포계곡의 카베르네 소비뇽은 매년 백 퍼센트 익는다. 콩드리유 같은 쫀득한 산도의 아름다운 화이트 와인이 만들어지는 높은 고도의 경작지는 전 유럽에 걸쳐 얼마 되지 않는다. 칠레에는 높은 고도에서 평지가 수천 헥타르에 걸쳐 펼쳐진다. 수많은 최상품 포도 품종 중 칠레 와인을 대표하는 것은 단연 카르미네르다. 잘 익은 카르미네르 포도는 오래 숙성될 잠재력이 있다. 시간을 머금은 카르미네르 와인의 코르크 빗장을 풀면 잔을 터트릴 것처럼 강렬하게 향을 발산한다. 시뻘건, 혹은 검붉은 카르미네르 와인은 강렬한 타닌감과 묵직한 보디감을 동시에 가진다. 계면을 박차고 포효하는 이 붉은 액체는 죄는 듯 짭조름하고 어른스럽게 쓰다가도 순간순간 천진하게 달며 결국 아리게 맵다.

칠레의 카르미네르와 아르헨티나의 말벡은 필록세라(진딧물)가 창궐하여 유럽의 포도나무가 황폐해지기 직전 프랑스 보르도로부터 남아메리카로 이식되었다. 보르도의 1등급 와인인 5대 샤토가 선정될 당시 그것들의 주 품종은 카베르네 소비뇽과

메를로가 아닌 카르미네르와 말벡이었다. 이 굳건한 포도들은 흘러간 세기의 위대한 여행자다. 과거에도 그랬고 지금도 마찬가지로 카르미네르 와인에는 육향이 진한 고기가 필요하다. 두툼한 고기에 다양한 향신료를 척척 뿌려 숯불에 굽는 남미식 바비큐 아사도가 익어갈 때 그 주변은 세상 맛있는 연기로 가득 찬다. 와인을 들고 온 셰프가 회심의 미소를 짓고 있다면 그 와인은 분명 카르미네르다. 석쇠에 바싹하게 구워진 마늘 양념 불고기나 구좌 당근과 수미 감자, 청양 고추를 넣고 뭉근하게 졸인 갈비찜에도 칠레의 카르미네르를 넘어설 대안은 없다. 정향, 회향, 후추 향이 가득 찬 카르미네르만이 빈틈없이 맛이 가득 찬 요리 앞에 당당하게 대적할 수 있다.

모든 품종의 칠레 와인은 주저하거나 에두르지 않고, 명료하지만 흥미롭게 각자의 생각을 전한다. 쓸데없는 미사여구 없이 필요한 말로만 가득 차 있기에 설득력이 강하다. 셰프들은 이러한 와인을 만나면 강한 영감 속에서 하나의 음식이 뚜렷하게 떠오른다. 시트러스 향 가득한 소비뇽 블랑에는 탄탄한 우럭, 꽃다발같이 화사한 샤르도네에는 부드러운 도미, 풀 내음이 밀려오는 비오니에에는 은근한 단새우다. 선홍색 메를로에는 로즈메리를 올린 안심을 레어로, 루비색 카베르네 소비뇽에는 타임으로 향을 낸 등심을 미디엄으로 굽는다.

물론, 향과 맛이라는 감각에 대한 논쟁에 정답이란 없다. 버터와 올리브유의 비율이나 허브 부케 가르니의 변주, 소스의 농도나 가니시의 가짓수, 불의 세기와 소금과 후추 간에 이르기까지 수많은 요소를 생각하며 만들어낸 와인과 음식의 마리아주 mariage는 마치 양자역학 해법처럼 난해하다. 기호와 품격, 혹은 재료의 본질과 조리의 묘미를 동시에 기술할 방법은 없다. 뒤틀리지 않은 칠레 와인은 이러한 맛과 향의 망망대해를 항해하기 위한 명쾌한 교과서이자 친절한 방정식인 셈이다. 칠레의 민중 시인 파블로 네루다는 포도밭에서 태어나 포도밭을 거닐며 잘 익은 시어들을 따 먹었다. 모두의 삶을 그대로 산 그에게 시는 문득 다가갔고, 그의 시는 도로 모두의 삶을 따뜻하게 안았다. 직관적 은유의 땅 칠레에서는 시도 와인도 막 어렵지는 않다. 야만의 시대를 은유로 맞받아친 시인 네루다. 그의 문장은 마치 주소가 적힌 듯 마음의 정확한 자리에 배달된다.

사랑은 은유로 시작된다.

옥수수여 안녕

나는 나를 파괴할 권리가 있다.

__사강 《슬픔이여 안녕》

아내는 여름날의 옥수수를 좋아한다. 사실, 1년 내내 옥수수를 갈구하는데 여름에 특히 그것을 아껴 먹는다. 제철 재료에 천착하는 그녀의 취향이다. 그해 수확한 옥수수는 대부분 동결시켜 저장한다. 유통의 편의야 있겠지만, 초여름 햇살의 옹호를 받고 자란 촉촉한 옥수수자루를 말리고 얼리는 것은 애석한 일이다. 제철 음식을 공들여 찾아 먹는 것이 건강을 챙기는 데 있어 기회

비용이 가장 적게 든다는 것이 그녀의 지론이다. 옥수수가 당도했으니 오늘 저녁은 옥수수 알갱이를 그대로 넣은 옥촉서반이다. 여름 장마가 시작되기 직전 비탈밭에서 수확한 햇옥수수의 통통한 강냉이가 하얀 쌀밥 사이에 무수히 박혀 있다. 뜸 들어 윤나는 밥을 주걱으로 깨끔깨끔 뒤적거리니 이내 희뿌연 김이 모락모락 몰씬댄다. 달큼한 옥수수 향기가 식탁을 가득 채운다. 첫술을 떠 한가득 입에 넣으니 샛노란 여름 햇빛이 입속에 물든다.

얼마 전까지는 햇완두콩 한 광주리를 구해 여러 차례 완두콩 솥밥을 지어 먹었다. 완두콩 철이 끝나는 것을 못내 아쉬워하는 그녀를 보며 '완두콩이여 안녕'이란 제목으로 글을 쓴다고 말했다가 괜스레 핀잔을 들었다. "프랑수아즈 사강이 쓴《슬픔이여 안녕》의 원제는 *Bonjour Tristesse*야. '굿바이 슬픔'이 아니라, '헬로 슬픔'이라고!" "그래, 그럼, 좀 기다렸다가 옥수수를 처음 먹는 날 '옥수수여 안녕'을 쓸게." 슬픔은 보내는 것이 아니라 맞이하는 것이라는 그녀의 말과 계절은 보내는 것이 아니라 맞이하는 것이라는 그녀의 말이 일맥상통한다.

따사한 햇볕에 충분하게 무르익은 제철 옥수수를 어렵사리 만났으니 솥밥만으로는 성에 차지 않는다. 마침 이 집에는 마냥 얻어먹기만 하는 미쉐린 셰프가 하나 있지 않은가. 이번에는 그가 파스타를 만들기로 한다. 옥수수 삶은 물로 링귀니 파스타면을 삶고, 옥수수 알갱이와 참나물을 믹서기에 갈아 페스토를 만든다. 어린 참나물 잎사귀 서너 장과 옥수수 예닐곱 알로 마지막 장식을 하니 모양도 맛도 제법 그럴싸하다. 여름밤 옥수수 만찬이 끝난 뒤, 아내는 삶은 옥수수 한 자루를 입에 물고 아즈텍문명 신화 속의 옥수수 인간 이야기를 들려준다. "마야인들은 옥수수 신이 노랗고 하얀 옥수수 반죽으로 인간을 빚었다고 믿었어. 우린 노란 옥수수고, 쟤넨 갈색 옥수수야."

2023년 현재 우리나라에서 가장 많이 소비되는 곡물은 옥수수다. 연간 국내 옥수수 소비량은 1천5백만 톤이 넘는다. 최근 쌀 소비량이 5백만 톤을 밑도니, 옥수수를 쌀보다 세 배나 더 먹는 셈이다. 이러한 의외의 통계는 옥수수의 신출귀몰한 둔갑술 탓이다. 닭과 돼지, 소는 옥수수 사료를 먹고 자란다. 라면을 튀길 때도 옥수수유가 사용되고 고추장, 오렌지주스, 케첩, 마요네즈에도 옥수수시럽이 필수로 들어간다. 감자나 당근을 키우는 유박 비료 안에도 옥수수 성분이 들었다. 현대인 몸의 30퍼센트가 옥수수에서 온 성분이다. 어쩌다 보니 마야인들의 옥수수 인간 창조설은 고대의 엄정한 예언처럼 날카롭게 맞아들어가고 있다.

통계청 자료에 의하면 우리가 먹을 의도 없이 먹고 있는 옥수수의 99.9퍼센트는 수입품이다. 완성된 음식에 옥수수가 들어 있는지조차 모르는데, 그 옥수수가 어디서 어떻게 재배되었는지 알 수는 더욱 없다. 2019년부터 달걀에 대하여 산란일자 표시제가 시행되었다. 달걀 껍데기에는 난각번호가 찍혀 있는데, 이는 산란일자와 생산자 고유번호, 그리고 사육 환경 번호로 구성된다. 맨 마지막 숫자가 바로 그 달걀을 낳은 어미 닭이 사육된 환경을 나타낸다. 1번은 방사이고, 2번은 축사, 3번은 개선 케이지다. 마지막 4번은 0.075평방미터 케이지에 20마리 이상이 갇혀서 움직이지 못한 채로 사육되는 환경이다. 이리도 복잡한 내용을 공부하고 동물 복지를 위해 난각번호까지 일일이 확인한 뒤 어렵게 선택한 달걀이 유전자 조작 옥수수 사료로 기른 닭에서 산란했다는 사실은 인정하기 싫다. 이뿐만 아니라 다양한 식품 유해성 이슈가 우리 식탁을 불안하게 한다. 최근에는 일본의 방사능 오염수 방류로 인한 천일염과 해산물의 유해성 걱정 또한 만만찮다. 과학적 이유가 아닌 정치적 이유를 근거로 한쪽에서는 유해성이 심각할 것이라 하고, 한쪽에서는 그것이 괴담이라 한다.

프랑스 문학가 프랑수아즈 사강은, '나는 나를 파괴할 권리가 있다'라고 했다. 이 문장의 행간은 '너희는 나를 파괴할 권리가 없다'는 뜻을 상보적으로 내포한다. 우리에게는 어떤 옥수수를 먹을 것인지에 대하여 스스로 선택할 권리가 있다. 그리고 개인적 취향의 선택을 방해받지 않을 권리 또한 있다. 언제 무엇을 먹어야 하는지, 또 무엇을 먹어서는 안 되는지 결정하고 그것을 세상에 알리는 것이 직업인 셰프로서 사랑하는 사람의 무해하고 귀여운 취향을 굳게 지켜주고 오래 지켜보고 싶은 마음이 크다. 아무쪼록 모든 옥수수가 안녕하기를.

소설가 김영하는 그의 장편 《나는 나를 파괴할 권리가 있다》에서 말한다.

그럴 자신이 없는 자들은 절대 뒤돌아보지 말 일이다. 고통스럽고 무료하더라도 그대들 갈 길을 가라.

슬픈 반죽

문화란 '가치'의 문제가 아니라 '차이'의 문제다.

___레비스트로스 《슬픈 열대》

"당신의 눈동자에 건배." 영화 〈카사블랑카〉에서 이 대사의 원
문은 "Here's looking at you, kid."이다. 이 아름다운 의역
은 아프리카의 진주 카사블랑카를 상징하는 명문장이 된다. '검
은 나라'라는 뜻의 모로코, '하얀 마을'이라는 의미의 카사블랑
카. 햇빛을 피하려고 아주 좁게 설계된 골목과 창문마다 달린 스
페인풍 화려한 테라스는 그 자체로 이미 아이러니다. 게다가 이

슬람 율법상 집을 신성하게 여겨 이 화려한 창을 절대 열어두지 않는다. 하얀 집은 포르투갈 해군이 지었으며, 오랜 시간 프랑스 령이어서 불어가 통용된다. 무어인에 의해 자리 잡은 아랍 문화가 뿌리 깊은 이곳은 2차대전 당시 미국의 최대 공군기지였다. 지금은 대부분 산업이 유럽 경제에 의존한다. 현재 모로코의 화폐 디람은 유로화에 연동되어 있어서, 0 하나를 지우면 환율 계산이 끝난다. 한쪽에서는 목숨을 걸고 지브롤터해협을 건너는 아이들이 끊이지 않을 만큼 지정학적 상황이 만든 사회 문제도 복잡하다. 남아프리카공화국 출신 노벨문학상 수상자 존 쿳시의 소설 《야만인을 기다리며》, 프랑스 출신 콩쿠르상 수상자 미셸 투르니에의 소설 《방드르디, 태평양의 끝》은 문명이 야만을 대하는 방식을 객관적으로 파헤친다. 서구 사회는 자신을 고귀한 문명으로 규정하기 위해 다른 문명을 야만이라 칭해 차이에 의한 수평적 구조를 가치에 의한 수직적 구조로 바꾼다. 인류학자 레비스트로스는 그의 저서 《슬픈 열대》에서 문화는 '가치'의 문제가 아니라 '차이'의 문제라 논한다. 그러나 동아시아의 끝에 사는 사람에게 대서양과 아틀라스산맥 사이에 있는 카사블랑카 이야기는 우선 '이해'의 문제다.

유라시아대륙과 아프리카대륙은 대서양과 지중해를 연결

하는 지브롤터해협으로 갈라져 있다. 배를 타거나 비행기로 건너야 한다. 그러나 유럽에서 아프리카로 걸어서 건너는 방법이 있다. 모세의 기적으로 바다가 갈라졌다는 곳은 지중해 저 반대편 홍해고, 이곳에서는 유보된 국경이 이러한 기적을 만든다. 이베리아반도 최남단 지브롤터는 영국의 영토고, 아프리카 최북단 세우타는 스페인의 영토다. 너무나도 당연히 스페인은 영국에 지브롤터 반환을 요구하고, 모로코는 스페인에 세우타 반환을 요청한다. 영국이 중국에 홍콩을 반환한 것처럼 언젠가는 이곳 사람들의 국적이 바뀌게 될지도 모른다. 하지만 지금 세 나라는 이곳에서 분쟁과 논쟁을 유보한다. 해결 방법이 없다기보다는, 현 상황의 유보가 최선이며 가장 적극적인 방편이다.

모든 부분에서 남에게 쫓기거나 남을 쫓는 카사블랑카지만 페이스트리 반죽만큼은 세상에서 가장 얇고 미려하다. 페이스트리에 있어 예술의 경지라 평가받는 프랑스의 밀푀유나 에클레르도 카사블랑카의 파스티야 앞에서는 한 수 접는다. 아프리카에서 유럽으로 전해진 반죽의 이동 경로를 역추적한다. 밀푀유의 도시 파리에서 파스티야의 도시 카사블랑카로 향한다. 파리에서 런던까지는 채널터널 철도를 이용해 도버해협을 건넌다. 여권 사증에는 철도 스탬프가 찍힌다. 런던 루튼공항에서 스페인 최남단까지는 비행기를 이용한다. 도착지는 영국 공군 소유의 지브롤터공항이다. 활주로가 유럽에서 가장 짧다. 활주로를 횡단하여 윈스턴 처칠 대로가 놓여 있다. 게다가 지브롤터 바위산이 난기류를 일으킨다. 2010년 히스토리 채널 선정 유럽에서 가장 위험한 공항 1위다. 랜딩이 끝나면 숨죽여 앉아 있던 승객들이 일제히 손뼉을 친다. 극적인 긴장감에도 불구하고 이 항로는 영국−영국 국내선이다. 별다른 절차 없이 공항을 나와 오렌지나무 아래로 4백미터 정도 걸으면 영국과 스페인 국경이 나온다. 걸어서 건넜으니 사증에는 걸어가는 사람 모양 스탬프가 찍힌다. 스페인에서 연락선을 타고 지브롤터해협을 건너면 아프리카대륙의 북단 세우타에 닿는다. 세우타는 스페인 영토이니 이 연락선도 스페인−스페인 국내선이다. 역시 별다른 절차 없이 항구를 나온다. 세우타에서 모로코 탕헤르를 향해 버스로 이동한다. 스페인과 모로코 국경에서는 자동차 모양 스탬프가 찍힌다. 이제 탕헤르에서 프랑스산 중고 고속철도 테제베에 올라타고 카사블랑카로 향한다. 고속철도 창밖으로 코끼리나 기린은 안 보이니, 그간 다양한 스탬프가 찍힌 여권을 펼친다. 프랑스에서 바다를 세 번 건너 아프리카까지 오는 동안 여권 사증에는 기차, 도보, 차량 단 세 번의 기록만 남았다. 육로로 바다를 세 번 가른 서류상의 기적이다. 이상하고 긴 여정에 배가 고프다. 카사블랑카 도착하자마자 식당에 들어서 파스티야를 주문한다. 프랑스의 고기파이 퀴시, 영국의 고기파이 웰링턴, 스페인의 고기파이 엠피나다와 당당히 맞설 아프리카 모로코의 고기파이 파스티야를 이제야 만난다.

파스티야는 이름 자체가 '반죽'이라는 뜻이다. 영어로 페이스트, 불어로 파테, 이탈리아어로 파스타에 해당한다. 유럽 대부분 나라에서는 고기가 들어간 파이를 먹는다. 프랑스 로렌 지역의 퀴시 로렌느나 부르고뉴의 투르트는 와인을 넣고 오랜 시간 조리해 풍미를 끌어올린다. 영국의 웰링턴 스테이크 파이는 영국 음식의 마지막 자존심이다. 영국 남부 콘웰 지방 탄광에서 먹었다는 콘웰 페이스트리는 만두 크기의 고기파이로 특별한 맛을 선사한다. 스페인의 엠피나다는 아프리카, 서아시아, 유럽의 문화가 버무려 만들고 남아메리카를 거쳐 북아메리카에서 먹는 인터내셔널한 고기파이이다. 저마다의 고기파이가 세계 각지의 식탁 위에 오르지만, 반죽의 백미를 보여주는 것은 단연 아프리카의 파스티야다. 모로코의 파스티야는 주로 비둘기나 가금류가 향신료와 함께 오랜 시간 조리되어 바삭한 페이스트리 안에 들어간다. 바닷가에서는 생선이나 해산물이, 내륙에서는 양고기가 내용물의 주를 이룬다. 유럽에서는 금가루보다 비싸다는 샤프란이 풍미를 더하고 아프리카의 올리브며 견과류들이 맛의 사이사이를 메운다. 바싹하게 구워진 페이스트리 위에는 언제나 소금으로 절인 레몬이 올라간다. 그 위에 다시 샤프란을 뿌려 향을 갈무리한다.

북아프리카에서는 모든 것이 잘 익는다. 익히는 것과 익는 것은 다르다. 분해 과정인 메타볼리즘과 합성 과정인 아나볼리즘의 차이다. 인간이 조리 기술로 만들 수 없는 맛을 태양과 바람은 생합성이라는 방법으로 만들어낸다. 잘 익은 재료들을 잘 익혔으니 풍미가 상당하다. 천 겹의 층을 가진다는 페이스트리는 밀가루 반죽과 버터를 겹겹이 쌓아 얇게 밀어 만든다. 때에 따라 견과류 가루를 넣어 바삭함을 더한다. 낱알이 터질 정도로 잘 익은 세몰리나 밀가루와 나무에 달린 채 후숙된 아몬드와 클레오파트라의 미모를 만들어낸 아프리카의 보석 시어나무 열매에서 추출한 버터. 유럽의 고기파이가 따라오지 못하는 이유는 조리 방법이 아니라 자연이 선물한 재료의 품격에 있다.

카사블랑카 거리는 베르베르의 위스키로 유명하다. 이슬람 율법을 존중하는 베르베르인에게 술 중에서도 꽤나 독한 위스키라니. 터번으로 입을 가리고 몰래 즐기는 무슬림의 일탈에 대한 뒷이야기를 상상했다면 싱거운 결말이 기다리고 있다. 사실, 베르베르의 위스키는 모로코 국민 음료 민트티의 별칭이다. 물론 알코올은 들어 있지 않다. 모로코인은 하루에 석 잔 이상 민트티를 마신다. 모로코 사람은 상당히 복잡하고 화려한 퍼포먼스로 차를 우리고 잔에 따라서 마신다. 여기에 마치 위스키처럼 건배도 하고 술을 마시는 듯 너스레까지 떨어야 하니 그 과정이 더더욱 길어진다. '베르베르인의 위스키'라는 이방인의 위트에도 불편한 안색이 비치지 않는다. 금기를 대하는 그들의 자세는 자유의 결여가 아닌 결연한 삶에 대한 자긍심이다. 레비스트로스가 역설한 '차이'의 문제는 역시나 그것을 '가치'로 이해하고 타자를 비문명으로 정의해 자신을 문명으로 만들려는 자들에게 필요한 일갈이다. 모로코인들은 마치 독주에 취하기라도 한 것처럼 서로 다른 사람들과 아무렇지 않게 차를 주고받는다.

유럽에서 아프리카대륙으로 유보된 장소들을 꼬집어가며 걸어간 여정은 반죽의 역사를 따라간 힘겨운 추적이다. 그러나 이 길을 거꾸로 거슬러 제자리로 돌아오기는 아예 불가능하다. 아프리카에서 스페인을 거쳐 영국으로 들어가려면 현재 지구상에서 일어나고 있는 가장 큰 국제 문제에 전면적으로 맞대면해야 한다. 입국심사대의 수많은 제복이 바라볼 오해를 그대로 관

통해야 한다. 유럽에서 아프리카로 '나가는' 것과 아프리카에서 유럽으로 '들어가는' 것은 완전히 다른 차원의 문제이다. 문명의 바리케이드를 역주행할 방법을 모색하다 결국 포기한다. 남은 방법은 휴가객들에 휩쓸려 카사블랑카공항에서 모로코 국적기를 타고 영국인의 산책로가 있는 프랑스의 휴양지 니스로 가는 길뿐이다. 영화 〈카사블랑카〉의 주인공들은 결국 비행기를 타고 카사블랑카를 떠났던가? 그곳에 머물러 사랑을 택했던가? 아니면 모든 것을 유보했던가? 이 영화의 주제곡은 〈As time goes by〉다.

시간이 스쳐가듯이.

소설가
쥘 베른

녹색 광선

그 사건은 설명되지 않았고
설명할 수도 없는 환상이어서,
아직도 그 누가 기억하고 있을 것이다.

__쥘 베른 《녹색 광선》

가을이 되면 도시는 노랗게 물든다. 도시인들은 은행색 트렌치
코트에 두 손을 찔러넣고 한껏 분위기를 잡는다. 멜랑콜리mélan-
colie라는 단어는 한마디로 정의하는 게 수월치 않다. 수전 손택
은 《타인의 고통》에서 '멜랑콜리는 매력을 담은 우울'이라 했고,
빅토르 위고는 '멜랑콜리란 슬퍼하는 기쁨'이라 했다. 정의하기
조차 어려운 낯선 단어 멜랑콜리가 도시에 가득 찬다. 우수에 젖

은 가을의 바람은 흐트러진 머릿결을 부드럽게 쓰다듬는다. 선
선한 바람에 나무도 흔들리고 마음도 흔들린다. 바람에 실려온
가을의 향훈이 콧등을 타고 내려온다. 코트 깃을 세우며 콧망울
을 넓히고 가을을 받아들인다. 가을의 향기는 기대와 달리 구리
다. 은행 열매의 꾸릿한 냄새는 가을의 오점이다. 가로수에 노란
가을만 남기고 이상한 냄새는 지울 수 있는 근본적인 방법이 없
지는 않다. 은행은 암수딴그루여서 수나무만 골라 가로수로 삼
으면 가을의 불편한 냄새는 해결된다. 그러나 은행나무는 수령
20년이 되어야 꽃피고 열매가 열리니 그제야 암수를 구별할 수
있다.

　은행나무가 스무 살이 되어서야 서로를 알아볼 꽃을 피우
는 것처럼, 사람들도 스물쯤이 되면 제 짝을 알아보고 싶어 안달
이 나게 마련이다. 하지만 자신의 모습조차 확실하지 않은 젊은
이들로서는 평생을 함께할 서로를 알아보기란 여간 어려운 일이
아니다. 까다로운 나를 까다롭지 않게 느껴줄 사람, 그리고 까다
롭지 않은 나를 까다롭게 느껴줄 사람을 찾는다. 이상하지 않지
만 이상적이어야 하고, 정상적이지만 전형적이지 않아야 한다.
지루함과 귀찮음 사이에서 낯섦과 설렘을 유지해야 한다. 그래
서 취향이 취향인 사람들에게는 애정이 헛벌이다. 그나마 다행

인 점은 서로의 취향에 맞춰서 살다 보면 조금씩 정답을 찾기도
한다는 것이다.

정답이 없어 보이는 많은 일에 사실 정답이 존재하기도 한
다. 탕수육에 있어 부먹파(소스를 부어 먹는 취향)와 찍먹파(소스를
찍어 먹는 취향)는 개별적 취향의 문제로 보이지만 이 또한 보편적
정답이 존재한다. 옥수수 전분으로 튀긴 탕수육은 바삭하여 입
에 넣기 직전 소스를 따로 찍어 먹는 것이 좋고, 감자 전분으로
만든 탕수육은 구조가 단단해 미리 소스에 오래 적시는 쪽이 부
드럽고 맛이 좋다. 전자는 중식 요리집의 요리법이고 후자는 배
달 중식집의 요리법이다. 생선조림에 있어 무와 감자도 그렇다.
입맛과 취향의 문제 같지만 시기적인 정답이 나름 있다. 여름의
은갈치조림에는 여름 햇감자가 맞다. 가을의 덕자 병어찜에는
가을 무가 문법에 맞다. 도다리탕에는 해쑥이 들어가야 봄이고
말린 코다리에는 무청 시래기가 들어가야 겨울이다.

서로를 알아보는 것보다, 알아본 순간을 알아볼 수 있어야
한다는 질문으로 출발하는 에릭 로메르 감독의 영화 〈사계절 이
야기〉는 8년에 걸쳐 네 편의 영화로 만들어졌다. 〈봄 이야기〉
〈겨울 이야기〉 〈여름 이야기〉 〈가을 이야기〉 순서로 전개되는

영화들에서 개별 사건들은 오묘하게 연결되고, 플롯은 네 편의 영화 사이를 껑충껑충 뛰어다닌다. 우리 삶을 찬란하게도 곤란하게도 만드는 우연과 필연의 앙상블은 로메르의 영화 〈녹색 광선〉에서 그 실마리가 풀린다. 영화 〈녹색 광선〉은 쥘 베른의 동명 소설을 모티프로 한다. 책과 영화의 제목인 '녹색 광선'은 광학적 기상 현상의 하나로 태양이 뜨거나 지기 직전 드물게 나타나는 광선이다. 과학적으로는 태양이 수평선 아래로 완전히 사라진 아주 짧은 순간 태양의 가시광선 스펙트럼 중 녹색 빛만 굴절되어 일시적으로 그 언저리에 초록색 신기루를 만드는 현상이다. 서쪽으로 대서양을 품은 유럽 바닷가 마을들에는 녹색 광선에 대한 일관된 전설이 있다. 일몰을 바라보다 녹색 광선을 만나면 그 순간 에피파니처럼 관계에 대한 많은 고민의 정답을 찾을 수 있다고 한다. 그러나 정답이 있다 한들 그녀를 찾지 못한다면 무슨 의미가 있겠는가. 또 그녀를 만났다면 정답이 무슨 소용이 겠는가.

요리사조차 사랑을 논하는 것을 보니 지금이 가을이다. 구릿한 은행 열매 냄새에 후각이 혼곤하다. 어느 해의 가을이 그리워져 그 시절 친구에게 전화를 건다. 수화기 너머 그의 목소리는 다정하다. 서로 일정과 장소를 조율해 종로 피맛골 대폿집에 마주 앉는다. 이제는 마천루가 즐비한 청진동이다. 다행히 예전에 찾았던 노포가 아직 남아 있다. 20년 전 이 집을 찾았을 때도 간판에 적힌 판촉 문구가 '30년 전통'이었는데 아직도 같은 자리에 '30년 전통'이라 적혀 있다. 간판 글자의 잉크만이 10년 정도만큼 낮아진 채도로 긴 시간을 증명하고 있다. 간판을 보며 우리도 잠시 시간을 잊는다. 때 이른 따뜻한 정종 대포에 은행 구이 한 접시를 주문한다. 노란 은행은 화톳불 위에서 조금씩 투명해지며 순간 영롱한 녹색으로 변한다. 쥘 베른의 소설 《녹색 광선》은 영국의 《모닝포스트》지에 실린 과학적 현상에 관한 명리학적 기사를 모티프로 삼았다.

전설에 따르면, 녹색 광선은 그것을 본 사람으로 하여금 사랑의 감정 속에서 더 이상 속지 않게 해주는 효력을 가지고 있다. 또한 그 광선이 나타나면 헛된 기대와 거짓말을 사라지게 할 수 있다. 그리고 운 좋게도 일단 그것을 발견한 사람은 자신의 마음은 물론 다른 사람들의 마음을 정확하게 읽을 수 있게 된다.

_쥘 베른 《녹색 광선》

소설가
단테

눈물 젖은 빵

그대 슬픈 베아트리체
아름다운 나의 사랑아.

__단테 《신곡》

아르노강을 가로지르는 베키오다리에는 작은 공예 상점들과 카페가 줄지어 서 있다. 피렌체의 아름다운 다리 위에서 이탈리아 커피 한잔은 필수다. 처음 이탈리아 고속도로 휴게소에서부터 기호에 맞게 연한 커피를 주문했는데 실패에 실패를 거듭했다. 커피를 주문하면 기본으로 나오는 에스프레소는 쓰고 짜다. 그나마 이번에는 같이 나온 피렌체 빵이 상당히 싱거워서 어느 정도 간이 맞는다. 마침 페키오다리에 얽힌 슬픈 사랑 이야기가 강물 위로 잔잔히 흐르고 있다. 한잔 더 쓴 커피를 감수할 만하다. 비운의 주인공은 단테와 베아트리체다.

너는 다른 이들의 빵이 얼마나 짠지, 남의 집 계단을 오르내리는 것이 얼마나 힘겨운지 알게 될 것이다.

단테는 피렌체에서 추방당하고 그 경험을 바탕으로 《신곡》을 쓴다. 유력한 정치가였던 단테는 정쟁에 휘말려 고향 피렌체를 떠나 다른 지역으로 망명한다. 남의 집 계단을 오르내리며 일감을 찾고, 그렇게 번 돈으로 거리에 앉아 눈물 젖은 빵을 먹는다. 피렌체를 벗어나 처음 피렌체 빵이 아닌 빵을 베어 문 그는 의아했다. 다른 지역의 빵은 정말로 그 맛이 짰다. 지금도 이탈리아를 남북으로 종주하면 중부 내륙 토스카나 지역을 통과할 때 음식 간이 거짓말처럼 낮아지는 것을 느끼게 된다. 토스카나 빵에는 소금이 전혀 들어가지 않기 때문이다. 단테에게 '눈물 젖은 빵'은 수사적 은유가 아닌 소금을 넣지 않은 고향 음식에 대한 직접적 묘사다. 소설가는 자신이 직접 경험하지 않은 것은 쓰지 않는다. 하지만 경험한 일을 그대로 적은 것 또한 한 글자도 없다. 단테도 그랬다.

피렌체는 이탈리아 중부 내륙 토스카나 지역의 주도다. 또한 중세의 야만으로부터 인간과 이성을 해방한 르네상스가 시작된 도시다. 피렌체는 르네상스의 시작부터 관습적 형식주의인 매너리즘 시기에 이를 때까지 근대를 깨운 서유럽 정신의 중심지였다. 당시 피렌체를 비롯한 중세 도시국가에서 권력을 향한 암투와 영토 전쟁은 매일의 일상이었다. 위정자들이 만든 현실의 지옥도는 단테의 《신곡》에 고스란히 담긴다. 《신곡》은 르네상스의 마중물이 되어 피렌체 예술가들에게 영향을 미친다. 르네상스 예술을 대표하는 레오나르도 다 빈치의 〈모나리자〉도 당시 피렌체에서 그려졌다. '빈치'는 피렌체 옆 마을의 이름이고, 레오나르도가 태어난 고향이다. '모나mona'는 이탈리아어로 마담을 의미한다. 난데없이 세계적 모델이 된 마담 리자는 피렌체 무역상 조콘다의 부인이다.

'꽃의 도시' 피렌체에서 르네상스가 꽃핀 데는 금융업으로 위세를 떨친 메디치 가문의 후원이 결정적인 역할을 한다. 특히 메디치 가문의 젊은 둘째 아들 줄리아노 데 메디치는 호방한 성품과 빼어난 외모로 예술가들과 교류하며 종종 그들의 모델을 자처했다. 미켈란젤로 앞에서 훌륭한 몸과 과감한 포즈로 다비드상의 모델을 섰다. 미대 입시생들의 영원한 친구인 아그리파,

줄리앙, 비너스 중 줄리앙 석고상의 실제 모델도 바로 줄리아노데 메디치다. 피렌체가 사랑한 이 청년은 스물다섯 나이에 피렌체의 권좌를 놓고 싸우던 파치 가문과 인근 도시 피사의 주교에의해 암살된다. 보티첼리가 그린 〈비너스의 탄생〉에서 가리비를 타고 뭍으로 떠내려온 그 시절의 비너스는 시모네타 베스푸치다. 줄리아노와 시모네타는 1453년생 동갑내기고 세기의 연인이었다. 르네상스 모든 예술가의 뮤즈였던 그녀 또한 스물두살에 피사 지역과의 분쟁으로 암살된다. 이 사건의 배후에는 피사라는 도시가 있다. 갈릴레이의 낙하 실험으로 유명한 피사는피렌체와 70여 킬로미터 떨어진 지중해 인근 도시다. 토스카나지역의 맹주 자리를 놓고 벌인 두 도시의 암투는 지중해의 소금이 내륙 피렌체로 들어오는 데 엄청난 관세를 물리는 결과를 낳는다. 결국 르네상스의 화실은 모델을 잃고 매너리즘에 빠진다.그리고 피렌체의 주방은 소금을 잃고 재료의 탐닉에 빠진다. 단테의 빵이 싱거운 이유다.

다혈질 성격에 요리 또한 간이 세기로 유명한 이탈리아다.이탈리아의 짠 음식에 길든 상태로 토스카나로 들어서면 맛이없다고 불평들을 한다. 그러나 역설적으로 간이 낮아지면 재료에 담긴 작은 맛과 향이 고개를 빼꼼히 내밀기 시작한다. 소금의 감칠맛을 흉내 내기 위해 재료를 덧대고 진중하게 조리한다. 소금을 뿌리지 않은 토스카나의 빵은 토마토, 올리브유, 마늘, 그리고 이탈리아의 여름 햇살을 머금은 바질과 어우러져 판자넬라 샐러드로 변신한다. 토스카나의 화이트 라구 소스는 고기를 친절하게 대한다. 오랜 시간 맑게 우려낸 소고기 부이용은 오히려 고급스러운 천연 감미료다. 하늘하늘한 봄 허브로 향을 낸 채소 라구에 소금이 들어간다면 수줍은 향은 이내 도망친다. 싱거워서 화려해진 피렌체 요리의 꽃은 비스테카 알라 피오렌티나다. '비스테카'는 비프스테이크란 뜻으로, 이탈리아식 T본 스테이크다. T 자 모양의 뼈를 가운데 두고 양쪽으로 안심과 등심이 모두 붙어 있다. 이탈리아산 소 중에서도 키안티 지역의 키아니니 품종만을 사용한다. 미리 상온에 꺼내둔 고기를 아무것도 뿌리지 않고 숯불 위에서 양쪽 면을 딱 5분씩만 굽는다. 다 구워진 스테이크는 뚜껑을 덮어 육즙과 향이 골고루 퍼지게 10분간 그대로 둔다. 마지막으로 올리브유와 후추만 살짝 뿌려서 먹는다. 반드시 레어로 구워야 하며 소스와 곁들임은 없다. 소금도 뿌리지 않는다. 버터 향이 나는 키아니니 소고기의 특별한 육즙이 그대로 소스가 된다.

화려한 싱거움의 아이러니는 여닫기에 익숙하지 않은 토스카나 창틀의 특이한 걸쇠와도 같다. 빗장을 어렵사리 풀고 창문을 열면 연분홍과 연두의 색채가 은은한 대리석조 두오모성당이 내다보인다. 토스카나 키안티에서 북쪽을 향하면 피에몬테의 바롤로에 닿는다. 예술가들의 열정을 담은 포도 산지오베제 향이 가시며 진득한 농부의 포도 네비올로 밭이 펼쳐진다. 싱거운 구간을 벗어나 만나는 첫 식당에서는 모든 것이 적당하다. 식사 전부터 버터 향이 주방 문턱을 넘는다. 소금을 친 소스는 흥미진진하고 각각의 맛들은 짠맛의 지휘에 따라 제자리에 놓인다. 식사를 물리고 디저트를 뜻하는 돌체가 나온다. 이번에는 원하는 커피의 농도를 얻어내고야 말겠다는 오기가 발동한다. 안주인으로 보이는 '모나'에게 손짓발짓으로 그간의 고충을 토로한다. 그녀는 커피에 물을 타는 것을 결국 받아들이지 않는다. 돌아온 것은 이탈리아 에스프레소에 대한 짙은 자존심과 생각보다 호된 핀잔, 그리고 진한 에스프레소 한잔이다. 이번 커피가 제일 진하다. 토스카나 방언으로 쓰인 《신곡》의 원제는 'La Commedia di Dante Alighieri'다. '단테 알리기에리가 쓴 희곡'이라는 뜻이다. 《신곡》 중 '천국편'의 명문장이다.

여기가 더 지옥이야.

밥 오브 라만차

현실이란
진실의 가장 큰 적이다.

_세르반테스《라만차의 돈키호테》

라만차의 와인메이커 호세는 어려서부터 포도밭에서 자랐다. 아버지의 아버지, 그리고 그 아버지로부터 물려받은 가업이다. 그와 함께 조그만 시골 마을을 거닐 양이면 지나가는 모든 사람과 인사를 주고받아야 하는 불편함이 있다. 그는 토박이이자 농부이고 수세기에 걸친 가업의 전수자다. 그에게 포도 농사를 짓게 된 이유를 물으니 정말 어리둥절한 표정을 지으며 답을 찾지

못한다. 포도 농부의 아들로 태어났고 그렇게 농사를 지어온 것
인데, 특별한 이유가 찾아질 리 없다. 그에게 물었던 어리석은
물음은 다시 질문이 되어 돌아온다. 재료와 감미료와 조리법이
수학 공식처럼 복잡하게 얽혀 있는 요리책, 칼로리를 비롯해 폴
리페놀과 같은 항산화 물질, 비타민의 전구체 수치가 어지러이
적혀 있는 영양성분표. 그런 것을 계산하기에 바빠 원래 그대로
인 것으로 아무렇지도 않게 이어져온 맛과 건강을 놓치고 있지
는 않은가.

　　호세의 집으로 가는 길은 건조한 사막으로 이루어진 마드리
드 남부의 라만차 황무지다. 끝없이 이어진 황토 사막을 건너다
보면 목이 칼칼하다. 돈 키호테가 한판 승부를 벌인 언덕 위의
풍차가 아니면 방향을 가늠할 이정표조차 없다. 어렵게 도착한
작은 마을에 마침 장이 섰다. 황무지의 칼칼함을 달래주는 것은
다름 아닌 동치미다. 알마그로라는 무 비슷한 채소를 주재료로
하여 소금으로 숨을 죽이고 고춧가루, 마늘과 회향 등 향신료를
넣어 담는다. 라만차 동치미의 시원한 맛의 비결은 숨 쉬는 항아
리에 있다. 스페인 항아리 카수엘라는 흙으로 빚은 우리의 장독
과 유사하다. 채소에 마늘과 고춧가루를 넣어 장독에서 숙성시
켰다. 그 맛이 동치미와 다를 수 없다. 알마그로 동치미는 우리

의 김치처럼 스페인의 유명한 밥 요리 파에야와 한 상에 오른다.

파에야는 해산물과 고기 육수로 밥을 지어내는 요리다. 아랍의 향신료가 전래하면서 지중해와 대서양 연안을 중심으로 발전해왔다. 붓꽃 꽃술을 따서 만드는 고가의 향신료 샤프란이 들어가 밥알은 노란색을 띤다. 샤프란이 만드는 특유의 노란색 말고도 조리 과정에서 이탈리아 리소토와는 차이가 있다. 리소토가 밥알에 소스를 코팅하듯 감싼다면 파에야는 갖가지 재료로 육수를 만들어 그 육수로 밥을 짓는다. 샤프란, 커민, 코리앤더 등 아랍의 향신료와 함께 홍합과 오징어 같은 해산물이 들어가는 것이 일반적이다. 지중해에 연한 바르셀로나에서는 새우를, 라만차 같은 내륙에서는 닭고기를 넣는다. 파에야를 만드는 데 중요한 과정 중 하나는 밥에 찰기를 주기 위해 뜸을 들이는 것이다. 시간이 지날수록 향신료의 향과 육수의 감칠맛이 밥알 속속들이 배어든다. 스페인 파에야는 위도가 우리와 비슷한 카탈루냐 바르셀로나 지역의 것이 우리 입맛에 맞는 편이고, 남부 지역으로 내려갈수록 기름기가 많고 간이 세진다.

711년부터 이베리아를 정복한 무어인은 북아프리카의 향신료와 아랍의 문화를 버무려 스페인 식탁 위에 파에야를 올려

놓았다. 마르케스의 소설 《백 년 동안의 고독》에서 어린 아우렐리아노 부엔디아는 무어인의 신기한 물건들에 매료된다. 새로운 문화를 만나는 순간은 책 속의 묘사처럼 '펄펄 끓고 있는 얼음'을 보듯 경이로움으로 가득 찬다. 아픔과 기쁨을 오간 이베리아의 긴 시간은 이전에 경험해보지 못했던 것을 차분하고 고독하게 소화해 그 지역의 특별한 문화로 만든다. 아프리카와 아랍의 문화가 버무려진 파에야가 바로 그렇다. 뜸이 잘 든 밥 요리 파에야와 함께 떠먹는 동치미는 조화롭다. 연중 건조한 라만차 기후가 만들어낸 우연이자 필연의 조화다. 황무지 토양에 먼지처럼 흩날리는 무기질은 땅을 기어 자라는 아이렌 포도나무 뿌리를 통해 포도알로 전해진다. 알마그로 동치미와 아이렌 포도로 만든 화이트와인 한잔은 어쩌면 그들의 생존을 위한 약수다.

'알 구스토Al gusto!' 스페인어로 맛있고 입에 잘 맞는다는 뜻이다. 마음으로 차려진 시골의 식사가 끝나고 우리를 초대한 호세는 도시에 있는 그의 집으로 돌아갔다. 그의 늙은 아버지만 남아 이방인을 돌본다. 영어와 프랑스어는 사라지고 이제 소통을 위해 남겨진 언어는 없다. 첫 난관은 양치에서 시작됐다. 몇 해의 시간인지도 모를 만큼 흙먼지가 벽면에 쌓인 라만차다. 비가 내리지 않다 보니 텔레비전과 냉장고는 처마도 없는 마당의 하늘 아래 그대로 놓여 있다. 비가 없는 곳의 물은 생각보다 설다. 라만차의 수돗물은 양칫물로 삼기가 쉽지 않다. 호세의 아버지가 이방인의 생각을 읽어낸다. 이 사려 깊은 농가의 주인은 오토바이를 타고 어디에선가 생수 한 병을 사온다. "그라시아스." 그와 소통할 수 있는 유일한 언어를 가장 적절한 순간에 읊는다.

사우다드레알의 가지 동치미 알마그로, 호세의 아내가 추천한 비야누에바의 과자 알퐁시보스, 모나스트렐 포도로 만든 꿀 아로프, 라만차 농가의 파에야까지 처음 만나는 명사와 수많은 향신료를 위한 형용사, 새로운 감정을 위한 부사로 채워진 낮이었다. 어둠이 내려 단어들이 사라진 라만차의 밤 또한 낯섦으로 가득하다. 사막의 은하수가 그렇고 무화과나무에서 떨어진 낙과들의 달콤한 향도 그렇다. 사랑방 손님의 절실함을 생수 한 병으로 만족시킨 주인은 안방에서 손자들과 남은 이야기를 나누고, 숙소와 벽을 마주한 헛간에는 하루종일 가출을 감행한 황소만 한 개 '볼리'와 '레띠'가 돌아와 목청껏 코를 골며 잠든다. 돈키호테가 면도하는 사기 접시를 모자로 뒤집어쓰고 마셨다는 라만차의 술 '우로'라도 한잔 걸치고 들어온 모양이다.

유네스코가 지정한 세계 책의 날은 4월 23일이다. 1616년

4월 23일은 미겔 데 세르반데스와 윌리엄 셰익스피어가 영면에 든 날이다. Don은 귀족의 칭호이고 Quixote는 사타구니를 보호하는 갑옷 부위로 그 과장된 모양새 때문에 당시에는 정력을 의미하는 은어로 쓰였다. 그러니 '돈 키호테'를 우리말로 번역하면 '정력왕'이다. 못한 것인지 안 한 것인지 제목이 번역되지 않고 원어 그대로인 게 참 다행이다. 셰익스피어가 우리 안에 잠자던 보편적인 이성을 일깨운다면, 세르반데스는 그 이면에 존재하는 광기를 통해 감성을 드러낸다. 세르반데스가 《라만차의 돈 키호테》로 보여준 것처럼, 사람들을 매료시키는 힘은 가장 황당한 모험과 대상에 대한 애정, 그리고 그것을 향한 부단한 탐구에서 나온다. 인류 역사를 통틀어 최고의 '도른자'이자, 동시에 가장 사랑받는 인물 돈 키호테는 말한다.

삶이 존재해야 하는 모습이 아니라 삶이 존재하는 그대로 보는 것, 즉 너무 제정신인 것은 가장 미친 짓일 수도 있다.

_세르반데스 《라만차의 돈키호테》

소설가
쥐스킨트

소스의 향기

남겨진 향기는
그 사람의 영혼이다.

_쥐스킨트 《향수》

이른 아침부터 주방 막내가 홍합으로 소스를 우리고 있다. 평소와는 달리 분위기가 사뭇 진지하다. 뒤로는 조리용 핀셋과 눈금자, 디지털 계량 저울이 널브러져 있다. 거창한 장비들이 새벽부터 치렀던 녀석만의 전투를 방증한다. 어린 시절 첫 작업을 앞두고 레시피를 암기하다 작업대 위에서 잠든 기억이 떠오른다. 호랑이 같은 맞선임 사수의 얼굴이 소스가 끓는 커다란 들통 안에서 아른거렸을 것이다. 직접 만들어보면 눈으로 배울 때는 알 수 없던 오묘한 진실을 마주하게 된다. 막내는 이내 답하기 어려운 질문들을 쏟아낸다. 표고버섯 한 줌은 숭덩숭덩, 대파 서너 뿌리는 듬성듬성, 마늘 예닐곱 쪽은 날쌍날쌍 썰어서 넣으면 되는데 정확한 수치를 내놓으라고 닦달이다.

소스를 만들 때는 재료가 아닌 소리에 집중해야 한다. 낮은 온도에서 설익으면 고분자 탄수화물의 텁텁함과 지방의 비린 향이 남는다. 그렇다고 센 불에서 너무 오래 우리면 유기질 분자가 잘게 깨져 향과 맛을 내는 기능기들이 녹아버린다. 그때부터는 무기질의 흙 맛이 돌기 시작한다. 불을 조절하다 보면 보글보글과 자글자글 사이에서 무질서한 소리가 난다. 이 변주 소리가 들리는 구간에서 올리고당과 아미노산이 맛있는 길이로 변한다. 저울과 온도계로 측정할 수 없는, 그 철의 재료와 그 날의 날씨가 만드는 선율이다. 각각의 재료들이 서로를 배려하는 크기로 손질되었다면 단백질, 탄수화물, 지방과 비타민의 모순 없는 화음을 느낄 수 있다. 소스의 노래가 들리면 기포들이 들통 바닥으로부터 아지랑이처럼 올라온다. 천천히 터지는 기포 자국에 재료의 향은 잠시 머물다 이내 사라진다.

후각은 미각과 밀접하게 결합되어 있다. 게다가 맛을 인식하는 과정에서 우리는 미각보다 후각에 의존하는 경향이 크다. 그렇기에 맛을 통해 향을 표현한다는 것은 쉽지 않은 일이다. 맛과 향이 하나로 결합한 감각이기 때문에, 결국 맛과 상관없는 향이 가지는 이미지를 추출하고 다시 음식에 대입하는 복잡한 과정이 필요하다. 프랑스 칸느에서 짧게나마 향수 제조를 공부한 경험이 있어서 조향 방법을 조리에 활용하곤 한다. 조향사들은 향수를 디자인하는 과정에서 수많은 향을 크게 세 부분으로 나누어 배치한다. 노트 드 테트note de tête는 처음으로 느껴지는 향기로 채워진다. 레몬이나 오렌지 같은 시트러스 계열의 과일 향이나 화사한 꽃향기가 적합하다. 다음으로 이어지는 노트 드 쾨르note de coeur 향 뭉치는 전체적인 구조를 형성한다. 나무 향이나 은은한 장미 향 등이 좋다. 이 향은 대화와 만남의 시간 내내 부드럽게 공간을 에워싼다. 마지막으로 긴 여운을 만드는 노트 드 퐁드note de fond는 무겁게 가라앉아 떠난 자리를 메운다. 연기나 커피의 향기가 주로 사용된다. 테트, 쾨르, 퐁드는 각각 프랑스어로 머리, 가슴, 발을 의미한다. 쥐스킨트는 소설 《향수》에서 한 조향사의 비뚤어진 집착을 그린다. 소설은 티크베어 감독의 영화 〈향수: 어느 살인자의 이야기〉로도 잘 알려져 있다. 소설도 영화도 음침한 배경과 섬뜩한 이야기로 향수라는 제

재가 주는 느낌과는 달리 향기롭거나 상쾌하지는 않다. 사실, 소스도 향수도 처음에는 나쁜 맛과 나쁜 냄새를 감추기 위해 덧대는 이유에서 출발했다. 모든 것들의 시작과 과정이 그렇듯 맛과 향의 역사도 아름답지만은 않았다. 오랜 시간이 지나며 경험은 기술이 되고 기술은 결국 예술로 변모한다.

이번에 만든 소스와 함께 손바닥보다 큰 섭 한 알을 오븐에 구워 프랑스 르아브르 항구에서 맛본 홍합 파르시 메뉴를 만든다. 파르시는 프랑스어로 '채우다'라는 뜻을 가진 요리다. 허브와 빵가루로 소를 만들고, 자연산 섭을 야무지게 손질해 소스와 함께 껍데기에 다시 채운다. 르아브르의 홍합 파르시 메뉴를 마주한 H 제독은 르아브르 항구가 우리나라의 진해처럼 프랑스 해군 본부가 있는 군항이라 알려준다. 해군 참모총장을 역임한 그는 프랑스 유학파다. 르아브르에서 복무하던 젊은 시절 타지의 물설음으로 고생한 경험이 어떤 상황에도 빠르게 적응하는 튼튼한 갑옷이다. 마침 교환학생으로 한국에 온 프랑스인 아르바이트생이 테이블을 오가며 활약하는 중이다. 프랑스에 계신 그녀의 할머니가 얼마 전 돌아가셨다. 사장이 해줄 수 있는 일이라고는 천주교도인 그녀를 명동성당에 데려다주는 일뿐이었다. 그녀는 지금 몹시 외롭고 황망하고 슬픈 시간을 지나고 있다. H

제독은 타지의 젊은이에게 경험에서 나온 진심 어린 위로를 전한다. 소스의 온도처럼 따뜻한 기품은 짧은 순간 긴 여향을 남긴다. 아르바이트생은 가슴을 살포시 누르며 제독이 떠난 자리를 바라본다. 향기의 기억은 오래 기억되고 자주 꺼내어 되뇌게 된다. 향기는 형태가 존재하지 않지만, 그만큼 긴 여운을 남긴다. 《향수》를 쓴 소설가 파트리크 쥐스킨트는 말한다.

남겨진 향기는 그 사람의 영혼이다.

입말과 입맛으로
이어진 종로

소설가
김승옥

서울, 2024년 여름

그날 밤,
우리 세 사람은 우연히 만났다.

_김승옥 〈서울, 1964년 겨울〉

칠말팔초, 서울은 모처럼 한산하다. 더위를 쫓는 건지 추억을 쫓는 건지 산과 바다는 인산인해를 이룬다. 드디어 한 해를 기다린 휴가철이다. 반복되는 프랩과 조리의 루틴에 한 몸처럼 움직이던 주방 사람들도 이때만큼은 각자의 휴가를 계획하며 설렘 속에서 다양한 상상의 나래를 펼친다. 매년 이맘때가 되면 보노보를 능가하는 이타적 조직문화가 등장한다. 나의 연일 근무로 너의 1박을 만들어낸다. 죄수의 딜레마와 경제적 게임이론은 열한 달 반은 맞고 보름간은 틀리다. 근무 일정표는 정의롭고, 모두는 대타와 가욋일을 투정 없이 버틴다. 불판 앞에 처음 서본 막내는 요리사의 손에 담겨야 할 긴 시간을 직면하고 치기 어린 교만함을 반성한다. 셰프는 잔반통을 닦으며 어설펐던 시절 땀의 대가로 받은 억울한 핀잔을 떠올린다. 난 자리가 가져온 고단함에 존중과 배려를 다짐한다. 물론 다짐만 한다. 처서가 되면 더위는 제집을 찾아 들어가고 검게 그을린 탕아들도 하나둘 제자리로 복귀한다. 주방 냉장고에는 천안 호두과자로부터 제주 감귤초 콜릿에 이르기까지 각자의 기억으로 서로에 대한 그리움을 표현한 엇박자의 선물들이 가득하다. 오랜만에 모두 모였으니, 동료애로 창조한 서로의 시간을 치하하며 포장마차에 둘러앉아 곰장어를 굽는다.

소주 한잔은 한 주 동안 수고한 미생들이 자신에게 주는 소소한 선물이다. 조금 전까지 아웅다웅했던 선후배, 동료가 같은 술잔을 든다. 이 자리에서만큼은 거대한 사회 구조에서 벗어나 진실의 말을 내뱉을 수 있다. 오월동주의 심정으로 마주 앉은 서로가 같은 편이라고 확인하는 순간이다. 누아르 영화의 주인공인 양 소주잔을 손바닥 안에서 천천히 굴린다. 무언가 멋진 대사를 읊고 싶지만 언제나 표현은 상황을 따르지 못한다. "수고하셨습니다"라는 상투적 인사와 함께 별 뜻 없는 건배를 한다. 그래도 상대의 관용적 치하 속에서 내일의 삶을 대면할 용기를 얻는다. 목 넘김이 시원하다. 칼칼한 해갈 뒤 쌉쌀한 뒷맛이 짭짤한 안주를 당긴다. 육체적, 정신적, 감정적 노동은 한 모금의 소주를 거쳐 경험과 실력으로 변모한다. 그리고 고되고 억울했던 한낮의 시간은 대견함으로 바뀐다.

포장마차 안은 곰장어 굽는 연기와 장마의 말미가 만든 습기와 젊은이들의 열기가 합쳐져 후끈한 안개가 자욱하다. 포장마차의 주황색 포장을 뚫고 종로의 네온사인 불빛이 번쩍인다. 소설 〈서울, 1964년 겨울〉 속 김승옥의 문장처럼, "어떤 빌딩의 옥상에서는 소주 광고의 네온사인이 열심히 명멸하고 있었고, 소주 광고 곁에서는 약 광고의 네온사인이 하마터면 잊어버릴 뻔했다는 듯이 황급히 꺼졌다간 다시 켜져서 오랫동안 빛나고" 있었다. 서울, 1964년 겨울의 한 포장마차에서 시작되는 이 소설은 소설가 '김'과 대학원생 '안', 그리고 갑자기 나타난 한 남자 셋이 돈을 쓰는 이야기다. 그 남자의 돈은 세브란스병원에 아내의 시체를 판 값이었다. 한 독자의 독자적 상상력 안에서, 소설가 김은 김승옥 자신이고, 대학원생 안은 그의 절친 이청준이다. 그리고 한 남자는 그들이 살아가는 서울이자 타자화된 현실이다. 독문과 이청준과 불문과 김승옥은 서울대 60학번 동기다. 1977년 제1회 이상문학상은 〈서울의 달빛 0장〉으로 김승옥이, 이듬해 제2회 이상문학상은 〈잔인한 도시〉로 이청준이 받는다.

서울, 2024년 여름의 한 포장마차에는 별것 아닌 우리가 앉아 있다. 달아오른 취기에 1964년 그가 말한 것을 흉내 내 "서울은 모든 욕망의 집결지입니다" 혹은 "날아다니는 것으로서 동시에 내 손에 붙잡힐 수 있는 것"이어서 파리를 사랑한다는 둥 의미심장하고 멋들어진 문장을 뱉어보려는데, 주류 냉장고에 붙어 있는 소주 광고 속에서 한 예쁜 여자가 절대로 그러지 마라는 듯한 쓸쓸한 미소를 띠고 나를 내려다보고 있다. 감수성의 혁명은 그들의 몫이니 너희는 그냥 주량의 혁명이나 이루란다. 닥친 생각을 닥치고 그녀의 매출 러닝 개런티에 몇 원을 더하는 것으로 문학적 호기를 갈무리한다.

숯불 위에서 껍질을 벗긴 산 곰장어가 꿈틀거린다. 곰장어는 불 위에서 꼼지락거리는 모양에서 그 이름이 붙었다. 곰장어의 원래 명칭은 눈이 멀었다 하여 먹장어다. 붙는 이름마다 구슬

프다. 굵은 천일염을 성기게 뿌리면 석쇠에서는 백룡이 하늘로 오르는 듯 한바탕 거센 용오름이 펼쳐진다. 노릇하게 구워진 탄탄한 곰장어 육질은 윗니와 아랫니를 같은 극의 자석처럼 튕긴다. 야무지고 차진 살바탕에서는 짠맛이 솟구친다. 방파제 테트라포드 사이로 몰아치는 거센 파도같이 또랑또랑한 바다 맛이다. 소금구이 한 판 했으면 이제 매콤하니 맛깔스러운 양념장을 발라 구워야 한다. 미역국 미음이 요람에서 느끼는 미식의 첫 속삭임이라면, 희나리 숯불에 살짝 눋은 양념장 곰장어는 모든 감각의 끝에서 외치는 맛의 일갈이다.

어느새 불판 위 곰장어가 잠잠해졌다. 언제 뜨거웠냐는 듯이 가을 첫 낙엽처럼 노랗고 붉게 물들며 곱게 익어간다. "옜다." 막내 앞접시에 바싹하게 구워진 장어 꼬리를 얹는다. 갓 스물의 녀석은, "전 아직 필요 없습니다"라며 너스레를 떤다. 어눌하리만큼 풋풋한 휴가지 여름의 젊은 추억들이 곰장어를 대신해 자못 진지한 안주가 된다. 칠말팔초의 풋사랑은 숯불 위 곰장어처럼 괴롭고 짭짤하며, 또한 여름밤 눈을 가리고 먹는 복숭아처럼 촉촉하고 달았다. 불우하고 불온했던 시절 하루하루 절망을 갱신한 서울의 김승옥이 감수성의 혁명을 통해 각자의 이야기가 가진 진중함을 속삭여주지 않았다면, 불우를 부르는 결여와 불온을 만드는 이념을 잃은 시절, 서울의 우리는 포장마차의 안갯속에서 길을 잃었을지 모른다.

1970년 《동아일보》에 연재한 김승옥의 단편 소설 〈50년 후 D π 9 기자의 어느 날〉은 작가적 상상으로 2020년의 서울을 그린다. 그가 타고 다니는 자율주행 자동차의 차종은 'GUIYOMI 19'이다. 소설의 들머리는 주인공이 '귀요미'를 타고 어디론가 향하는 모습으로 시작한다.

어디론지 달리고 있다. 어디로 가고 있는지는 그 자신도 모른다. 그렇다고 해서 불안을 느끼는 건 전연 아니다. 결국 지구의 어느 곳일 것이다.

_김승옥 〈50년 후 Dπ9 기자의 어느 날〉

시인
백석

응앙응앙

맞은 육신과 정서에 사무친다.
먹을 때는 생활이고 먹고 싶을 때는 그리움이다.
맞은 관념이나 추상이 아니고 먹는다는 것은
삶과의 맞대면이다.
맞은 삶에 대한 직접성이다.

_김훈 '소래섭의 《백석의 맛》'의 평 가운데

겨울의 첫날, 아침 창문에 서리가 앉았다. 한겨울 살을 에는 추위는 아니지만 첫 추위라 그런지 오히려 몸이 더 시리다. 밤새 체온으로 데워진 이불 속이 따습다. 이불 밖으로 삐져나온 발을 다시 챙겨넣는다. 10분만, 이불 밖으로 나서기가 싫다. 최선을 다해 굼뜨게 출근한 주방은 밤새 얼어붙어 냉기가 가득하다. 코끝이 차다. 주방에 도착해서는 손이 곱아 칼질 못한다는 핑계로 빈 화구에 공연히 군불을 땐다. 땀에 찌든 여름엔 겨울이 오길 바랐는데, 추우니 더운 게 낫나 싶다. 출근 전 물 한잔 마시려고 연 냉장고 안에는 동태 한 마리가 쌀뜨물에 담겨 있었다. 오늘을 잘 견디면 저녁밥으로 뜨끈한 동태탕을 먹을 수 있겠다.

명태는 이름 부자다. 얼리거나 말리지 않은 생물을 생태, 겨울바람에 얼린 것을 동태, 해풍에 말린 것을 북어라고 부른다. 어린 새끼 명태는 노가리, 꾸덕꾸덕하게 반건조한 것은 코다리, 바닷가 덕장에서 얼렸다 녹였다를 반복한 것은 황태라고 한다. 이 밖에도 먹태, 애태, 왜태, 춘태, 추태 등 명태는 크기와 잡는 시기, 가공 방법에 따라 쉰여 가지 다른 이름으로 불린다. 차가운 물을 좋아해 깊은 바다에 사는 명태는 어로가 어려워 조선 중기까지 이름도 없는 생선이었다. 함경북도 명천의 태씨 성을 가진 어부가 이 고기를 처음 잡아 인조에게 올리고 명태라는 이름이 붙었고, 그 후 한국인이 가장 사랑하는 생선이 된다.

명태라는 한국식 이름은 중국, 일본, 러시아에서도 그대로 부른다. 명태는 전세계 어획량 2위를 자랑한다. 1위가 멸치니 생선다운 생선 중에는 명태가 제일이다. 영국의 피시 앤 칩스도 명태고, 맥도날드 피시 버거도 명태다. 명태전을 생각하면 그들의 조리법도 일리가 있다. 수많은 명태의 이름 중 국내에서 유독 악명을 떨치는 것은 코다리다. 코다리찜은 반건조 명태에 양념 장을 얹어 국물 없이 자작하게 졸여 만든다. 젊은이들에게 코다리찜은 '밥 경찰'이다. 단체식으로 나오는 코다리찜이 모양은 닭 강정과 비슷하지만 선호도가 떨어져 '밥도둑'의 반대말로 '밥 경찰'이라 불리는 것이다.

처마 끝에 明太를 말린다.
明太는 꽁꽁 얼었다.
明太는 길다랗고 파리한 물고긴데
꼬리에 길다란 고드름이 달렸다.
해는 저물고 날은 다 가고 별은 서러웁게 차갑다.
나도 길다랗고 파리한 明太다.
門턱에 꽁꽁 얼어서
가슴에 길다란 고드름이 달렸다.

_백석 〈멧새 소리〉

백석의 시 〈멧새 소리〉다. 제목은 멧새 소리인데 그 소리는커녕 멧새라는 단어조차 나오지 않는다. 이 시를 발표한 때는 1938년. 시인은 함경남도 함흥에 살고 있었다. 당시 그는 동해

174

에서 날미역 냄새가 난다고 썼고, 가무락조개가 되고 싶다고 썼고, 가자미는 흰 쌀밥과 빨간 고추장과 함께 쓸쓸한 밥상에 한 끼도 빠지지 않고 올라오던 물리지 않는 생선이라 썼다. 퀭한 두 눈에다가 꽁지에 고드름까지 달린 명태는 사무치는 객수의 표현으로 읽힌다. 그러나 어쩌면 이 시는 슬픈 사랑 노래다. 1939년 그의 절친과 가장 친한 여동무가 결혼한다. 암수가 서로를 부르고 화답하는 정겨운 멧새의 울음소리가 홀로 남겨진 시인에겐 슬펐을 테다. 이후 그는 함흥 기생 자야와 함께 뱁새 '출출이'가 고조곤히 우는 산골 마가리(오막살이)로 떠난다. 백석의 그녀 자야가 법정 스님에게 시주해 현재 길상사가 된 성북동의 요정 대원각의 아침 해장국은 으레 명태탕이었다.

명태는 겨울 생선이다 보니 주로 국이나 찌개로 밥상에 오른다. 한국인의 겨울엔 아무래도 술적심이 제격인 건 분명하다. 생태찌개는 이리와 애를 듬뿍 넣고 다진 양념장으로 매운탕처럼 붉게 끓인다. 고소한 애와 부드러운 살코기를 숟가락으로 으깨 뜸이 잘 든 진밥에 얹어 먹는 맛은 어식의 정수다. 반면 동태탕은 맑게 끓여야 칼칼한 제맛을 느낄 수 있다. 탄탄한 동태 살결 사이로 짭조름한 바다 향이 배어나온다. 하얀 동태 살과 하얀 두부와 하얀 고두밥은 서로를 만나 조화를 이룬다. 한 그릇 식사로는 북엇국이 좋다. 들기름에 볶은 불린 북어에 콩나물을 넣고 끓이면 단맛이 도는 시원한 국물이 우러난다. 생태찌개에 미나리, 동태탕에 쑥갓을 고명으로 넣는다면 북엇국엔 달걀을 풀어 마지막으로 부드러운 풍미를 더한다.

일을 마칠 즈음 아내에게서, '오늘 뭐 먹고 싶어?'라는 문자가 온다. 조금 뜸을 들이고는, '뜨끈하게 동태탕?' 하고 답을 보낸다. 이미 동태를 녹여둔 그녀는 나의 대답이 반갑다. '마음이 통했네!' 셋은 추위에 얼었던 몸을 녹이고 밥상을 마주한다. 동태와 그녀와 나는 그 무슨 이야기라도 다 할 것 같다. 하루 종일 간절했던 비린 것 한 토막을 숟가락 위에 올린다. 칼칼한 동태탕 국물에 몸이 사르르 녹는다. 뽀얀 국물 속 하얀 두부의 크기가 참 맞춤하다.

백석은 〈나와 나타샤와 흰 당나귀〉에서 눈이 내리는 이유를 자신에게서 찾았다.

가난한 내가
아름다운 나타샤를 사랑해서
오늘 밤은 푹푹 눈이 나린다.

소설가
편혜영

청춘의 쏘야

별처럼 반짝거리는 순간만 인생인 것은 아니니까.
봄날의 지열처럼 미지근한 날날이
오히려 내가 생각하는 인생에 가깝다.

__편혜영 〈잔디〉

청춘의 오월에는 낭만이 있다. 새 학급의 새 벗들을 만나 서먹하던 삼월이 지나면 이제 너스레도 합이 맞고 무리끼리 은어도 생성되어 제법 동무의 티가 나기 시작한다. 아무것도 아닌 일이 진지하고, 진지한 일은 아무렇지도 않다. 천둥벌거숭이들이 제 인생에 아로새기는 청춘의 무늬는 각자의 모습 그대로 아름답다. 또다시 펼쳐질 치열하고 끈적한 더위와 무언가에 눈물 흘릴 겨울을 걱정하는 것은 청춘의 몫이 아니다. 청춘의 오월은 하루하루를 오롯이 받아들이기조차 벅차다.

1997년 오월, 열아홉 대학 새내기 시절의 축제 기간이었다. 모범생도 아닌 주제에 무슨 바람이 불었는지 전공수업을 듣겠다고 강의실에 앉아 있었다. 아름다운 날씨에 다들 축제에 참여하거나 다른 친구들의 학교에 놀러 가거나 그도 아니면 공원에 소풍을 가고, 몇 안 되는 학생들만 강의실을 지키고 있었다. 우리는 내심 이 과목은 좋은 학점이 나오겠다는 기대에 서로를 바라보며 회심의 미소를 지었다. 이윽고 두꺼운 유기화학 교과서와 준엄한 출석부를 들고 들어오신 노교수는 백묵을 집어 칠판에 단 한 문장을 적으시고는 아무 말씀도 없이 강의실을 나가셨다. "너희들은 여기서 뭐 하냐?" 그렇게 강제 휴강을 당하고 나온 캠퍼스에는 간이 천막들이 즐비했다. 조국의 안녕과 민족의 화합을 염원하는 재치 있는 메뉴 이름이 적혀 있고, 이미 수업을 '쨴' 동기들이 머리에 두건을 두르고서는 파전을 부치고 쏘야를 볶고 있다. 우유 상자를 뒤집어놓은 테이블에 막걸리가 올려진다. 잔디를 뜯어 부쳤는지 파전의 맛과 식감에는 상당히 문제가 있으나 쏘야 만큼은 제법 음식 맛이 난다. 칼집을 낸 비엔나 소시지 속살에서는 감칠맛이 흘러나와 케첩의 부끄러운 신맛을 가린다. 채소에서 나온 채수는 소시지 칼집 사이를 비틀고 들어가 싸구려 제품의 맛을 감춘다. 뭇 청춘들이 그렇듯 모양을 내다 보니 의도치 않게 맛이 따라온 셈이다.

'쏘야'의 본말은 소시지 채소볶음이다. 소시지 채소볶음은 학교 급식의 베스트셀러이자 말년 병장도 취사장 앞에 줄 서게 하는 병영식의 요체다. 도시락 세대들은 삼단 보온 도시락 첫 번째 칸 뚜껑을 열었을 때 보이는 반짝이는 쏘야의 자태에 제 어미에 대한 무한한 사랑을 확인했었다. 케첩으로 코팅된 양파와 당근의 새콤달콤한 맛은 채소가 줄 수 있는 만족의 범주를 넘어선다. 톡톡 터지는 소시지의 식감은 아찔하게 관능적이다. 호사로운 행복과의 조우, 쏘야가 나온 날은 그 자체로 만족스러운 하루가 된다.

쏘야가 없는 급식표, 오월이 없는 계절, 축제가 없는 학기, 청춘이 없는 인생은 상상만 해도 그 무의미함에 진저리가 쳐진다. 매일이 축제일 수는 없고, 각자의 청춘이 하나같이 아름다울 수도 없다. 다만 알 수 없는 답답함도, 이유 있는 쓸쓸함도, 오랜 시간 뒤 아름다운 무늬가 될 것만은 분명하다. 그것은 고된 생과 마주 보며 삶이 주는 무게를 당당하게 겪어내고 평평한 시간에

도착하면 꺼내 볼 낭만의 무늬다. 오월의 볕에는 주인이 따로 없다. 모든 것이 푸른 시절, 그 안에서 어떤 꽃이 먼저 필지는 아무도 모른다.

편혜영은 단편 〈잔디〉에서 말한다.

별처럼 반짝거리는 순간만 인생인 것은 아니니까. 봄날의 지열처럼 미지근한 나날이 오히려 내가 생각하는 인생에 가깝다.

소설가, 화가
나혜석

꽃의 파리행

네 애미는 과도기 선각자로
그 운명의 줄에 희생된 자였더니라.

＿나혜석 〈외로움과 싸우다 객사하다〉

'어정 섣달에 미끈 정월'이라는 속담처럼 시간은 세밑을 경황없이 지나간다. 인사 드릴 곳과 인사치레 할 곳을 나누고 관계의 깊이에 맞춰 낯닦음을 한다. 올해는 오랜 시간을 같이한 주방 직원의 집을 찾았다. 그의 성실함과 배려심에 참 잘 자랐다고 감탄하던 친구다. 사회를 대표해 감사를 담아 어머님께 세배를 올린다. 귀한 자식 주방에서 손에 물 묻히게 한 죄송함을 어렵게 여쭌다. 어머니는 흐뭇한 낯으로 덕담하시고는 이내 떡국을 내오신다. 손사래를 치며 이미 먹고 왔노라 거짓부렁을 늘어놔 봐야 소용이 있을 리 없다.

　하얀 떡국 위로 노른자와 흰자를 가려 부친 알고명과 실고추 웃고명이 한없이 곱다. 손품깨나 들었을 테다. 아들은 평소 먹던 제집 떡국과 다르다며 눈치도 없이 이죽거린다. 곰솥에 뭉근히 끓인 사골 국물은 보얗고 말갛다. 아직 말라붙지 않은 떡국 떡은 졸깃하면서도 부드럽다. 햅쌀로 지은 떡이 부드럽게 풀려 국물이 농진하다. 벽두에 만나는 하얀 정갈함이 상서롭기까지 하다. 밑국물에는 통후추와 마늘, 그리고 대파를 부케 가르니(bouquet garni, 각각의 육수에 맞는 향채를 모아 만든 맛의 다발)로 사용했다. 떡과 함께 황태를 한 줌 넣었다. 황태는 심심할 수 있는 사골 국물에 감치는 찰기를 더한다. 가찬 진미 앞에서 결국 체면치레를 포기하고 밥 한 공기를 청한다. 쌀떡을 푸지게 먹었는데도 흰쌀밥이 당기는 것은 밥알을 하나하나 감싸는 국물의 달콤함을 알기 때문이다. 아삭하게 톡 쏘는 김치 한 조각이 담백한 국물과 함께 더없이 시원하다.

　어린 시절 명절마다 받아먹었던 떡국은 숙모의 솜씨였다.

어머니의 본가는 대대로 아들이 귀했다. 삼촌은 세 명의 누이 뒤에 5대 독자로 태어났다. 어머니의 이름은 남자 동생이 수월하게 생기라는 의미로 '남순男順', 이모는 꼭 다음에 아들을 낳으라고 '필자必子'다. 삼촌 이름조차 남동생을 발원하는 '제남弟男'이니 아들과 딸의 이름들이 환장지경 그 자체다. 숙모의 떡국은 매년 한결같았다. 언제나 혼자서 차례 음식을 차렸기 때문이다. 상을 물리고 과일을 깎고 설거지하는 것도 숙모 혼자의 몫이었다. 사이사이 어린 조카들 치다꺼리까지 해야 했다.

각자의 자식 자랑을 위한 급조된 질문이 난데없이 오간다. 가시 돋친 덕담의 치밀함이 만드는 불편한 결말은 매년 비슷하다. 방 문턱마다 날이 선다. 나이 지긋한 큰이모는 할머니 옷장에서 속곳을 꺼내 공연히 다시 접어댄다. 우리 엄마 불쌍하다며 상황에 맞지도 않는 푸닥거리를 시작한다. 세계 정치와 거시 경제를 논하며 텔레비전을 보던 세 사위는 소파에 머리를 대고 너나없이 코를 곤다. 셋 중 하나는 코를 고는 척하는 게 좀 티가 나고 나머지 둘은 티가 나지 않지만, 코를 고는 척하는 것만은 분명하다. 그들은 조금 있다 일어나 시간을 버리기 위해 화투판을 벌일 것이다. 숙모는 미리 건어물과 견과류를 접시에 담고 빈 냉장고에 맥주를 채워넣는다.

그때도 틀리고 지금도 틀리다. 삼종지도에 따른 며느리의 명절 노동은 아직도 당연하며, 그것은 몸과 마음에 진한 명절 증후군을 남긴다. 숙모에겐 딸만 둘이 있다. 어떤 명절의 끝에 첫째 딸이 큰이모를, 그러니까 그녀의 큰고모를 매섭게 쏘아붙였더랬다. 할머니가 돌아가시고 이제 우리는 만나지 않는다. 이모들에게 각자의 손주가 생기고 자연스레 분가했다. 시간이 흘러도 숙모의 차롬한 떡국 만큼은 몸과 마음에 각인되었다. 주방에 들어가 그녀의 지단을 흉내 내본다. 달걀은 노른자와 흰자를 조심히 분리한 뒤 알끈을 걷어낸다. 숟가락으로 달그락거리며 충분히 저어 거품이 가라앉게 잠시 놔둔다. 낮은 불에서 기포가 생기지 않게 천천히 부친다. 요리사로서의 칼 솜씨를 발휘한다. 길이와 두께를 맞춰 차롬하게 지단을 썬다. 설거지는 잔뜩인데 길이가 일정하고 야들하게 얇은 달걀지단은 몇 줄 나오지도 않는다. 만든 이의 마음도 모른 채 조심스럽게 올린 노란 지단은 하얀 떡국 속으로 물색없이 잠긴다.

나혜석은 1932년 《삼천리》에 실린 수필 〈아아 자유의 파리가 그리워〉에서, '구미 만유 1년 8개월 동안 실상 조선의 여성으로서는 누리지 못할 경제적으로나 정서적으로 장애되는 일은 하나도 없었다. 여성은 위대한 것이요, 행복한 존재임을 깨달았다. 모든 물정이 여성의 지배하에 있는 것을 보고는 알았다. 그리하여 나는 큰 것이 존귀한 동시에 작은 것이 값있는 것으로 보고 싶고, 나뿐 아니라 이것을 모든 조선사람들이 알았으면 싶다'고 말한다. 《꽃의 파리행》은 조선 최초의 서양화가이자 소설가인 정월 나혜석의 유럽 여행기다. 그곳에서 그녀는 여성 참정권 운동에 참여한다. 그녀는 자전적 소설 〈경희〉, 논설 〈이상적 부인〉 등 여러 작품을 통해 지금도 이루어지지 못한 이야기를 당당하게 꺼내 보인다. 1922년의 글 〈어머니 된 감상기〉는 자신의 임신, 출산, 육아 경험을 솔직하게 토로하면서, "자식이란 모체의 살점을 떼어가는 악마"라고 규정한다. 여성 고유 경험을 처음으로 공론화하고 여성의 입장에서 불평과 불편을 말한다. 가부장제가 가지는 모순을 폭로한 1934년 〈이혼 고백장〉은 지금 읽어도 파격이다. 근 백 년 전, 1930년 그녀가 적은 문장이다.

그러나 그 범위 내에서 갈팡질팡하는 것이 행복이라면, 한번 그 범위를 벗어나서 그 범위 내에 있는 자들을 보라.

_나혜석 〈이혼 고백장〉

소설가
배수아

래디컬한 레디쉬

사랑은 버스보다 빠른 속도로 식어갔지만
그는 결정적인 것을 상실하지는 않았다.
그래서 그는 불행했으나
다른 사람은 아무도 그것을 모른다.

_배수아 〈그 사람의 첫사랑〉

식도락가는 계절의 얼리어답터다. 최근 '얼리어먹터'라는 시쳇말까지 나온 것을 보면 그들의 호기심은 자못 진지하다. 제철 재료가 나오면 누구보다 빨리 그 맛을 봐야 직성이 풀린다. 도매시장의 첫 출하 경매가 있기도 전에 이미 가정집에 도착한 재료가 사회관계망 서비스를 도배한다. 발전하는 온라인 직거래 시장이 그 속도를 점점 더 부추긴다. 그러다 보니 요리사들은 전보다 빠르게 절기의 맛을 디자인하고 새로운 시간을 제안해야 한다. 달래며 머위 같은 향채들이 한껏 무르익은 봄날이지만, 정작 셰프의 손에 들린 것은 여름을 여는 열무다. 이른 감이 없잖아 있지만 오래간만에 만나는 알싸한 열무가 반갑다.

시원 칼칼한 열무김치 냉국수는 한여름 더위를 위해 남겨두고, 오늘은 간단히 열무비빔밥을 만들어 먹기로 한다. 보리쌀로 밥을 지어 보리고추장을 넣고 밥알이 다치지 않게 살살 비빈다. 밥알을 감싼 참기름의 윤기가 미려하다. 봄과 여름을 가르는 싱그러운 맛의 비밀은 칼칼한 열무 국물 한 숟갈이 전부다. 입속에서는 꽁보리밥 알갱이가 요리조리 도망 다니다 툭툭 터진다. 열무 줄기를 씹으면 알싸한 소리가 입천장에서 광대뼈를 타고 귓바퀴로 직접 전달된다. 열무김치 맛은 소금으로 재웠지만 아삭바삭 수다스럽고, 고춧가루를 풀었지만 달콤새콤 잔망스럽다.

처음 열무 맛에 눈뜬 것은 스물두 살 때의 여름이었다. 군생활의 절반이 지나고 나름 선임병 반열에 들어서며 열무김치가 나오는 날에 고추장과 참기름을 얻을 수 있게 되었다. 그렇게 비벼 먹은 열무비빔밥의 맛은 지금도 뚜렷이 기억난다. 어렵사리 얻은 달콤한 고추장과 고소한 참기름도 입맛을 돋우었지만, 그

극적인 맛의 주인공은 분명 열무였다. 와사삭한 열무 줄기를 씹는 순간 전신의 모든 감각이 어금니에 몰린 듯했다. 쌉쌀한 청록의 매력을 처음 알게 된 것이다.

그때 그 열무는 덜 익은 젊음의 맛이었다. 채소의 풋내는 알알함에 충분히 감춰졌고, 제까짓 게 질기다고 해봐야 여린 잎의 줄기였다. 버나드 쇼가, "젊음은 젊은이에게 주기에는 너무 아깝다"고 말했던 의미를 어렴풋이 이해하게 된 것을 보면 이제 청춘과는 조금 비켜선 나이인 듯하다. 열무의 알싸한 아이러니에 떠오른 젊은 시절의 이야기는 어쩌면 지금의 논리로는 부끄러운 기억도 있다. 이왕 벌어진 일이니 덧없는 낭만을 즐기기라도 하면 되었을 것을 그땐 그러지도 못하지 않았나. 열무처럼 순하고 신비롭고 다정했기에 여기저기 남긴 상처들은 아직도 어딘가 남아 있을 것이다. 낭만의 알싸한 맛은 주관적 감정의 이해에 대한 마지막 변명이다. 그래도 그 시간은 그런 의미가 있다. 배수아는 〈그 사람의 첫사랑〉에 적는다.

사랑은 버스보다 빠른 속도로 식어갔지만 그는 결정적인 것을 상실하지는 않았다. 그래서 그는 불행했으나 다른 사람은 아무도 그것을 모른다.

"처음 요리를 시작하신 계기는 무엇인가요?" 그저 버티며 식당을 유지했을 뿐인데 어느 정도 시간이 지나니 어설프나마 인터뷰이가 되어 있다. 어떤 매체든 기자의 루틴인 양 첫 질문은 같다. 요리가 아닌 공학을 전공한 나의 학력이 관심사다. "어쩌다 보니요?" 지금도 이 질문에 대한 답은 참 궁색하다. 인터뷰마다 기사 주제에 맞춰 적절하게 이유를 바꿔 대답한 것 같은데, 지금이라면 아마, "아삭한 열무 줄기를 씹는 순간, 전신의 모든 감각이 어금니에 몰린 순간, 쌉쌀한 청록의 매력을 처음 알게 된 그 순간 요리사의 길에 첫발을 들였는지 모르겠다"라고 답했을 것이다. 처음이라는 시간의 출발선이 어디였는지, 심지어 그것이 그어져 있었는지조차 명확한 기억이 없다. 다만, 출발 총성이 울린 후 심장이 터질 듯 한 방향을 향해 달려온 것만은 분명하다.

소설가 배수아의 등단은 새콤하게 신선했다기보다는 쌉쌀하게 알싸했다. 대학에서 화학을 전공하고 병무청에서 공무원으로 복무하던 중 〈천구백팔십팔 년도의 어느 밤〉으로 1993년 《소설과 사상》을 통해 등단한다. 《소설과 사상》을 선택한 이유는 표지가 예뻐서였단다. 어느 날 그녀는 갑자기 글을 쓰는 게 맞겠다는 에피파니와 함께 스스럼없이 펜을 잡았다. 습작 기간이나 문학 수업을 받은 적도 없었기에 처음에는 기존 소설 문법에서 멀리 떨어져 있다는 평을 듣기도 했다. 그러한 평이 나돈 이유는 사실 기존 문단의 학연과 인맥에서 멀리 떨어져 있었기 때문이었다. 등단한 지 30년이 지난 후 어느 인터뷰에서 그녀는 아주 작은 목소리로 조심스레 그녀의 정체성에 대하여 말한다. "나는 작가"라고, "글을 쓸 때 내가 된다는 것 같다"라고. 겸손한 목소리지만 그녀는 17편의 장편을 썼다. 기억하여 손꼽을 수 있는 그녀의 소설 제목만 어림잡아 서른 편이 넘는다. 생경은 파격이 되고 선례가 없는 이단의 글쓰기는 문단의 독보적 독창성이 되었다. 2018년 오늘의 작가상까지 받은 그녀조차 조심스러워하는 게 자신에 대한 규정이다. 소설로도 수필로도 읽히는 자전적 이야기 《에세이스트의 책상》에서 주인공이 사랑한 M은 설명하거나 규정할 수 없는 존재이자 대상이다. 그녀에게 M은 아마도 언어, 글, 소설 정도가 아닐까. 나에게 열무처럼. 번역가 배수아가 번역한 소설가 페소아의 《불안의 서》에는 이런 문장이 나온다.

나는 나와 나 사이에 있는, 신이 망각한 빈 공간이다.

__페르난두 페소아 《불안의 서》

그때 라면

글은,
왼쪽에서 오른쪽으로 쓴다.

＿황석영 인터뷰

금요일 정오. 식당의 점심 영업이 시작된다. 주방 프린터가 호외를 찍어내는 신문사 윤전기인 양 급박하게 주문지를 토해낸다. 주방은 이내 소리로 떠들썩하다. 도마를 내리치는 칼의 비트 사이로 테이블 번호와 주문 내용을 외치는 소리가 속사포 랩 수준이다. 여기저기서 터져나오는 "예! 셉!"이란 은어는 주방만의 라임이다. 직장가의 점심시간은 박자가 빠르다. 손님의 시간은 밭

으고 주방의 일손은 바쁘다. 요리사의 본분이야 밥을 하는 것이지만 손님의 직업은 밥을 먹는 것이 아닐 테다. 서로 이유는 다르지만 어쨌든 먹이는 일과 먹는 일이 각자의 휴식시간을 담보하기 위한 속도전인 건 매한가지다.

오늘처럼 점심 영업을 늦게 마치는 날이면 으레 라면이다. 또 라면이냐는 푸념의 시간도, 취향을 묻고 따질 시간도 아껴야 저녁 준비 전 잠시라도 쉴 수 있다. 커다란 들통에 라면을 끓인다. 한 사람당 두 봉씩, 달걀도 한 판이 모두 들어간다. 화구를 최대한 열어 가장 센 불을 택한다. 끓는 국물에서 면을 높이 집어올려 식히면 탱탱한 면발을 만들 수 있다. 많은 양의 라면을 끓일 땐 스프는 두어 개 빼고 넣어야 간에 맞는다. 커다란 조리용 집게로 면을 건지고 래들 국자로 국물을 떠 담는다. 오전의 수고를 치하하며 다 같이 둘러앉는다. 살기 위해 삶은 라면에 투정과 핀잔은 금기다.

라면은 가까스로 때우는 식사다. 하지만 때로는 기꺼이 즐기는 기호이기도 하다. 경우에 따라서는 이야기의 서막이 되기도 하고, 기어이 각인되는 기억 한 그릇이기도 하다. 뇌 MRI 연구에 의하면 '라면'이라는 단어에는 다른 음식 이름과는 달리 식욕 외에도 다양한 신경중추가 반응한다고 한다. "라면, 먹고 갈 래요?" 영화 〈봄날은 간다〉 중 배우 이영애의 대사다. 이보다 더 함의적인 문장이 또 있을까. 영화에서는 끓는 물이 담긴 냄비에 라면 두 봉을 넣는다. 그녀는 면을 두 번 잘라 네 조각으로 준비 한다. 그중 한 조각은 입으로 가져가 바스락 소리를 내며 생으로 먹는다. 달걀과 파는 넣지 않는다. 그녀의 취향이다.

　　라면 같이 먹기 제안은 취향의 공유를 의미한다. 경제학적 으로 한 집단이 음식을 통해 최대 만족을 얻으려면 각자의 취향 에 맞춰 인원수대로 조리하는 것이 합당하다. 그러나 우리는 라 면을 따로 끓여 먹는 것을 허락하지 않는다. 이는 각자에게 기호 의 기회비용을 요구한다. 알 덴테로 살짝 익은 면의 탄성을 선호 하는 사람도 있고, 충분히 호화된 면의 부드러움을 좋아하는 사 람도 있다. 물의 양과 면을 잘라 넣을지 말지도 논란의 중심에 선다. 기호의 마지막은 면이 먼저인가 수프가 먼저인가의 문제 로 귀결한다. 라면을 함께 먹기 위해서는 이러한 수많은 취향의 격차를 극복해야 한다. 맛과 생활과 감정을 공유하기 위한 레시 피는 그렇게 양보와 합의를 통해 만들어진다.

　　돌이켜보니, 처음 내 가게를 개업한 그날도 점심 영업이 끝나고 라면을 끓였었다. 지금 생각하면 어디서 나온 용기인지 대학 후배 한 명을 아르바이트로 쓰고 겁도 없이 식당을 시작했다. 처음이라는 것은 언제나 서툴고 민망하다. 처음에는 둘이 두 봉이었는데, 이제 보니 입이 많이도 늘었다. 그간 끓여 먹은 라면마다 속내가 있고 사정이 있었다. 애틋한 면발과 얄궂은 국물, 수줍은 건지와 먹고 난 후 밀려오는 내일에 대한 죄책감. 이토록 가슴 아플 이야기가 있다는 걸 그때 알았더라면 시작하지 않았을까. 오늘의 라면은 그때와 달리 유난히 맵다. 테이블 위에 놓인 갑티슈를 쑥쑥 뽑아 눈물인지 땀인지를 닦는다.

황석영의 수필 〈배고픈 날, 장떡 지지던 냄새〉의 첫 문장이다.

내가 잃어버렸다고 하는 것은, 지금은 먹을 수 없다거나 만들 수가 없다는 말은 물론 아니다. 그때의 맛이 되살아나지 않는다는 얘기다. 사람이 변했든지 세월이 변했든지 했을 터이기에.

시 인
박인환

목마와 블루

한 잔의 술을 마시고
우리는 버지니아 울프의 생애와
목마를 타고 떠난 숙녀의 옷자락을 이야기한다.

__박인환 〈목마와 숙녀〉

한 잔의 술을 마시고

우리는 버지니아 울프의 생애와

목마를 타고 떠난 숙녀의 옷자락을 이야기한다.

시 〈목마와 숙녀〉의 들머리는 이렇게 시작한다. 시인 박인
환이 1955년의 시에 적은 '한 잔 술'은 스코틀랜드산 위스키 조

니워커다. 당시 박인환은 명동 백작, 모던 보이로 불렸다. 종로 재동에 살며 정동 경향신문사에서 기자로 생활했던 그는 명동에 있는 '포엠'이라는 위스키집에 자주 출몰했다. '시'라는 술집에 들어서는 시인은 초콜릿색 양복에 홍시빛 넥타이를 매고 커피색 양말을 신고 있었다. 당대의 문인들과 함께 배우 최불암의 모친 이명숙 여사가 운영하던 '은성'이나 시인 김수영 어머니의 대폿집 '유명옥' 같은 곳에서 막걸리를 기울이기도 했지만, 그가 진정 사랑한 술은 위스키였다. 그는 언제나 '동방싸롱'이나 '포엠'에 앉아 하이볼과 조니워커를 마시며 자작시를 읊조렸다. "우리는 위스키를 마신다. / 한 잔은 과거를 위해 두 잔은 오늘을 위해서. / 내일을 위해서는, 그까짓 것은 생각할 필요가 없다."(이봉구, 《그리운 이름따라 명동20년》)

시인 박인환이 카멜 담배와 함께 무덤까지 들고 들어간 스카치위스키는 조니워커의 고급 제품인 블루 라벨이다. 와인에는 그것을 만든 포도가 재배된 연도가 라벨에 표기되고 이를 빈티지라고 부른다. 작황이 좋았던 특정 빈티지 와인이 엄청난 가격에 거래되는 것을 보면 과실주의 품질에는 생산 연도가 크게 연관되는 것이 분명하다. 저장성이 좋고 숙성 기간이 중요한 위스키나 브랜디 같은 증류주는 생산 연도가 아닌 숙성 기간을 병에 표시한다. 위스키 30년산은 1930년에 만들어진 것이 아니라 30년간 오크통에서 숙성시켰다는 것을 의미한다. 따라서 문법적으로는 Balentines' 30 years를 '밸런타인 30년산'이 아닌 '밸런타인 30년 숙성'이라고 읽는 것이 옳다.

양조자는 증류한 위스키를 캐스크 또는 배럴이라고 부르는 오크통에서 숙성한다. 그리고 오랜 시간이 흐른 뒤 여러 캐스크의 위스키 원액을 혼합하여 자신만의 위스키를 만들고 병입한다. 위스키 블렌딩 마스터는 숙성기간이 다른 여러 캐스크를 블렌딩하여 최적의 향과 맛을 찾아낸다. 밸런타인 30년 위스키 한 병에는 30년간 숙성시킨 캐스크의 원액뿐 아니라 40년, 50년간 숙성시킨 원액이 섞여 있다. 최근 유행하는 싱글 몰트 위스키에 쓰인 '싱글'이란 단어는 한 곳의 증류소에서 만든 원액만 사용한 위스키를 의미하는 것이지, 단일 숙성 캐스크를 뜻하지는 않는다. 싱글 몰트 위스키에도 숙성 기간이 다른 여러 캐스크의 원액을 섞는다. 영국 법률은 블렌딩한 캐스크 중 숙성 기간이 가장 짧은 수치를 표기하도록 규정한다.

규정을 따르면 조니워커 블루 라벨은 '15년'으로 표기해야 한다. 조니워커는 블루 라벨을 만들 때 15년에서 60년까지 숙성된 원액을 블렌딩하여 만드는데, 20년에서 40년 정도 숙성된 캐스크를 주로 사용하여 블렌딩하고, 15년 숙성된 캐스크의 위스키는 아주 소량만 가미해 싱그러움과 감칠맛을 더한다. 작은 차이가 만드는 최상의 품질을 포기할 수 없었던 그들은 수치 표기를 포기하고 제품의 감각적 품질에 더욱 집중한다. 숙성 기간 대신 블루 라벨, 블랙 라벨과 같이 색상으로 제품군을 분류했으며 그 전통이 지금에 이른다. 이렇게 숙성 기간을 표기하지 않는 위스키를 NAS^{None Aging Statemet}라고 부른다. 일정한 품질을 유지하고 보증하는 표준 규정의 이면에는 품질의 평균이라는 딜레마가 숨어 있다.

위스키 종주국인 영국 스코틀랜드 지역의 가난한 증류소에서는 셰리주를 만들고 남은 빈 오크통에 스카치위스키를 담아 보관했고, 지금도 그러한 전통이 이어진다. 이러한 제조법은 잉글랜드와 스코틀랜드의 지역감정 때문에 생겨났다. 잉글랜드는 스코틀랜드를 굴복시키기 위해 위스키에 다양한 세금을 부과했고, 이것을 피하려는 방편으로 셰리주 통에 위스키를 보관한 것이다. 이후 수많은 역사적 난관에도 스코틀랜드가 문화적 전통을 이어올 수 있었던 까닭은 위스키의 힘이라 해도 과언이 아니다. 이제 영국법은 스카치위스키 생산 지역을 총 다섯 곳으로 나누어 지리적 표시제와 다양한 조약을 통해 스코틀랜드의 명예를 적극적으로 보호한다.

최근에는 맛과 향뿐 아니라 다양한 의미를 서사로 삼아 어려운 블렌딩에 도전하는 브랜드도 많다. 싱글 몰트 위스키 인기에 힘입어 유명 위스키 브랜드는 창업자의 고향이나 기업이 시작된 지역의 오래된 증류소를 다시 찾아 특별한 의미의 싱글 몰트 위스키를 만들기도 한다. 양조장이 문을 닫더라도 캐스크는 그 뒤로도 수십 년간 보관되는 경우가 있는데, 사라진 양조장의 캐스크만을 찾아내 블렌딩한 위스키도 있다. 이는 로스트 블렌딩 위스키라고 불리며, 상당히 고가에 유통한다. 지금도 위스키 메이커들은 숨겨진 향을 찾아 섬 구석구석을 배회하고 있다.

증류소에서는, '시간에는 지름길이 없다' '세월을 훌쩍 건너뛸 수는 없다'는 철학으로 한 방울씩 천천히 증류주를 만든다. 그리고 그것을 오크통에 넣고 후대에 물려준다. 자신들은 선대의 오크통을 열어 그 시간을 맛본다. 여러 세대에 걸친 이 아름다운 '시간의 술'을 우리나라에서는 폭탄주로 만들어 마셨고, 그것은 로비와 접대 등 음지의 음주문화를 상징했다. 최근 위스키는 싱글 몰트 바람을 타고 취향과 기호의 틈새를 파고들고 있다. 이제 우리도 시대의 차이를 천천히 음미하고 서로의 취향을 이해하며 그것이 만들어진 시간을 존중하기 시작했다. 스코틀랜드에서는 위스키를 일컬어 '액체로 만든 햇살'이라 부른다.

박인환은 시인 이상의 기일을 기념한다며 사흘간 폭음한 탓으로 결국 급성 알콜 중독성 심장마비로 요절했다. 향년 29세. 위스키에 대하여 그에게 못다 들은 말들이 너무 많다. 그는 그날 적은 시 〈죽은 아폴론 - 이상, 그가 떠난 날에〉를 이렇게 시작한다.

그래서 나는 망각의 술을 마셔야 한다.

시인
이상

기억의 유보

내 차례에 못 올 사랑인 줄은 알면서도
나 혼자는 꾸준히 생각하리다.
자, 그러면 내내 어여쁘소서.

＿이상 〈이런 시〉

늦은 여름 프랑스에서 출발해 피레네산맥 동쪽 기슭을 돌아 안
도라공국으로 난 도로로 접어들었다. 북쪽 산비탈과 연결되는
도로 모퉁이를 돌자, 장엄한 가을 풍경이 거짓말처럼 불현듯 펼
쳐졌다. 산비탈의 방위와 고도의 차이가 모퉁이 하나를 두고 여
름과 가을을 선명하게 가른다. 거대한 산맥이 스스로 기후를 바
꾸며 두 계절을 한번에 담고 있었다. 안도라는 프랑스와 스페인

사이 피레네산맥에 있는 작은 공국이다. 국토 면적은 470평방 킬로미터, 인구는 8만5천 명 안팎으로, 그야말로 초소형 미니 국가다. 면적과 인구만 따져들면 도시국가 같아 보이지만 그 안에 수도와 지방도시, 작은 마을이 따로 있다. 수도는 안도라라베야. 인구는 2만 명이 채 안 된다. 아이러니하게도 '안도라'는 스페인 북부 바스크어로 '거대하다'라는 뜻이다.

안도라는 프랑스와 스페인 사이 피레네산맥에 콕 박혀 있어서 두 나라 사이 산맥을 통과하는 요점에 만들어진 국가라고 생각하기 십상인데, 안도라에서 뻗은 길은 안도라 사람만 사용하는 길이고 프랑스와 스페인 두 대국 사람은 북쪽 대서양 방향이나 남쪽 지중해 방향의 직통 고속도로를 이용한다. 공국이니 공작이 다스리는데, 여기에 안도라의 생존법이 담겨 있다. 안도라 헌법상 공작은 두 명이다. 한 사람은 스페인 대주교 조안엔리크 비베스이고 다른 한 사람은 임마누엘 마크롱 프랑스 대통령이다. 걱정거리를 나눠줬으니 정작 걱정이 없다. 이제 느긋하게 무소유의 삶을 즐기면 된다. 수도 안도라라베야 중심에는 세계 최고 크기의 거대한 목욕탕이 있다. 신들의 온천이라 불리는 칼데아 온천이다. 유리로 된 피라미드 모양의 거대한 목욕탕 건물 내부는 다양한 향의 사우나와 여러 온도의 욕탕 등 목욕에 필요한 모든 것이 갖춰져 있다. 곳곳에 있는 생맥주 디스펜서 모양의 꼭지를 당기면 차가운 음용 탄산수가 나온다. 신들의 목욕탕 칼데아에서는 몸에 묻은 기억의 때를 모조리 지울 수 있다.

안도라의 버스정류장, 대형 광고판에 프랑스 잡지 《*Paris Match*》 최신 호가 걸려 있다. 표지는 폴 보퀴즈 셰프에 대한 추모 기사다. 그해 그의 서거는 후배 요리사들에게 큰 숙제를 남겼다. '무엇'을 익혀서 조합할 것인가에서 그것들을 '어떻게' 표현할 것인가로 조리의 질문을 바꾼 그의 작업은 현대 조리법의 새로운 기준을 제안했다. 그는 두려움 없이 땅과 바다가 담은 이야기를 조리라는 언어로 접시 위에 올렸다. 대가는 하나의 거대한 산맥처럼 시대의 흐름을 가로막고 마치 계절을 스스로 변화시키듯 새로운 물결을 만들어냈다. 클래식이란 예술의 모든 분야에서 보편적인 미감을 가진 것이다. 반대 의미로, 창작된 당시에는 하나의 이름이 될 만큼 혁신적인 도전이다. 클래식은 역설적으로 당대의 클래식에 대항하여 기성의 아성에 충격을 가하고 기꺼이 이단아가 되어 모진 수모를 견딘 결과물이다. 찬사와 혹평 사이에서 두려움 없이 도전하고, 그 위에 고뇌의 더께를 켜켜이 쌓아야 새로운 클래식이 되어 긴 생명력을 가진다. 마음에 묻은 때를 모두 지울 수 있다는 그의 '피레네 아스파라거스 수프'처럼.

야채 사라다에 놓이는 아스파라가스 잎사귀 같은 또 무슨 화초가 있습니다. (…) 조셋트 치마에 웨스트민스터 궐련을 감아 놓은 것 같은 도회의 기생의 아름다움을 연상하여봅니다. 박하보다도 훈훈한 리그레추윙껌 내음새 두꺼운 장부를 넘기는 듯한 그 입맛 다시는 소리.

이상의 〈산촌 여정〉 중 아스파라거스가 나오는 대목이다. 윤문되기 전 육필 원고에서 이상은 아스파라거스를 '다스파라가스'라고 적었다. 샐러드 다스파라거스Salade d'Asparagne. 프랑스어에서 소유격 전치사 드 de 다음 단어가 모음으로 시작되는 경우 축약되어 연음으로 발음되는 것을 그대로 음차한 것이다. 그렇게 아스파라거스는 당시엔 없던 단어고 없던 맛이었다. 포크와 나이프로 아스파라거스를 알약 모양새로 썰던 이상한 시인의 안광이 순간 벼락처럼 번뜩인다. 요 하얀 알약 같은 것이 기억을 조작한다는 사실을 발견한 것이다. 이상은 이 기억을 갈무리한다. 그리고 유보된 아스파라거스에 관한 기억은 〈날개〉에서 두 가지 알약의 에피소드로 되살아난다.

글이 난해하기로 유명한 이상이다. 띄어 쓰지 않아 독자를 난감하게 하기도 하는데, '자간이없다면행간이좀더분명해질수

도있고뚜렷해야하는생각의시작점이모호해지거나문장의밀도
가성긴부분에서쫄깃한이야기가피어나거나또경우에따라서는
글쓴이가생각하지못한문장이만들어질수도있고그것이다르게
읽힐여지또한생긴다' 〈날개〉의 들머리는, "박제가 되어버린 천
재를 아시오?"다. 그리고 글의 끝머리는, "날개야 다시 돋아라.
/ 날자. 날자. 날자. 한번만 더 날자꾸나 / 한번만 더 날아보자꾸
나"이다. 〈날개〉 전문을 탐독하면 이 두 문장 사이에서 '아스피
린'과 '아달린'이라는 두 단어가 끈질기게 암투를 벌인다. 밤손
님을 받기 전 시인의 아내가 남편에게 먹인 해열제 아스피린 네
알, 그리고 우연히 그녀의 서랍 속에서 발견한 수면제 아달린 약
상자. 아달린 상자에는 딱 네 알의 아달린이 비어 있었다. 시인
은 파란 알약과 빨간 알약 사이에 선 〈매트릭스〉의 주인공 네오
처럼, 진실을 외면하는 선택과 기억을 포기하는 선택 사이 갈림
길에 선다. 시인은 결국 나머지 여섯 알의 아달린을 삼키고 잠들
어버린다.

　　실뱅 쇼메 감독의 영화 〈마담 프루스트의 비밀정원〉에서
아스파라거스는 기억을 지우거나 기억을 되살리는 마법의 약재
로 등장한다. 아스파라거스를 먹고 나면 지독한 냄새의 오줌을
누게 되는데, 전체 인구 중 절반은 아스파라긴산과 황을 화합하

는 유전자가 있어 오줌에서 독한 스컹크 냄새가 나며, 나머지 절반은 황화합물을 생성하지 못하고 평소와 같은 오줌을 눈다. 또절반은 아스파라거스의 황화합물 냄새를 맡을 수 있고 절반은 그것을 전혀 맡을 수 없다. 이 두 가지 대립 형질은 완전히 연결되어 유전된다. 황화합물을 생성하는 유전자는 냄새를 맡을 수 없는 유전자와 직접적으로 연결되어 있다. 그래서 그 누구도 자신의 오줌에서 아스파라거스 냄새를 맡을 수는 없다. 영화는 이러한 과학적 사실에서 기억의 객관성과 주관성에 대한 모티프를 얻는다. 이 이상한 생명체는 자라는 환경에 따라 그 색이 결정된다. 볕이 많고 생장 환경이 좋으면 아스파라거스는 가늘고 길게 자라올라 꽃을 피우고 가지를 뻗는다. 반면 음지의 아스파라거스 싹은 하얗고 굵게 자라며 다음 시절을 기약한다. 시련은 채소를 웃자라지 않게 하고 맛이 차 들어갈 충분한 시간을 준다. 초록으로 변하지 못한 화이트 아스파라거스는 억울했던 기억을 지우거나 간직하지 않고 그대로 한 해를 유보한다.

이상은 시 〈이상한 가역반응〉에서 기억의 비선형적 진행 경로를 찾아낸다.

직선은 원을 살해하였는가.

소설가
황선미

미안해, 치킨아

왜 좀 다른 게 어때서.

__황선미 《마당을 나온 암탉》

뭐니뭐니 해도 어린이날에는 자장면이다. 어린이도 아닌 주제에 기회를 틈타 동네 중식당을 찾았다. 남의 식당에 가면 소비자의 본분에 충실해야겠으나 주방으로 눈이 가는 것은 셰프의 직업병 중 하나다. 주방 한편에는 20킬로그램들이 양파 망이 수북하게 쌓여 있다. 어린이날 오전에만 예닐곱 망은 깠을 것이다. 적게 잡아도 8백 알이다. 물 들어올 때 노 저으라는 속담이 있지만 사람이 할 수 있는 일에는 엄연히 한계라는 것이 존재한다. 연륜과 재주와 기술과 열정을 총동원해도 그 정도의 양파라면 눈물깨나 흘렸을 것이다. 대목을 맞은 중식당은 손님들로 인산인해다. 날이 날이다 보니 가족 단위 손님들이 많다. 물론 테이블마다 어린이들이 하나씩은 껴 있다. 자리에 앉자마자 할아버지와 할머니, 이모, 고모의 모든 관심은 막둥이에게 쏠린다. 낯선 환경과 과도한 애정 공세에 꼬마는 이내 한바탕 울음을 운다. 옆 테이블 꼬마는 그 모습을 보고 이유도 없이 따라서 운다. 이럴 줄 알았다는 듯 자장면집 주인장은 테이블마다 먼저 준비해 둔 어린이 자장면을 한 그릇씩 가져다준다. 노포의 연륜이 만든 대처법이다.

자장은 달콤하고 면은 부드럽다. 녀석들은 새롭고 재밌는 맛에 서글픈 감정을 금세 잊어버리고는 입안 가득한 기쁨을 만끽한다. 벌겋게 부은 눈가와 신나서 올라간 입꼬리가 괴이하게 보인다. 하지만 그것이 어린 시절의 푸르른 삶이 아니겠는가. 식당 안이 잠잠해지니 주방과 홀 사이 음식이 오가는 네모난 창으로 식당 주방장의 고개가 불쑥 나온다. 그는 재바른 눈으로 메뉴가 나가야 할 순서와 속도를 살핀다. 울다가 웃으며 자장면을 먹고 있는 꼬마 손님과 눈이 마주치자 그럴 줄 알았다는 표정으로 살랑살랑 손인사를 한다. 오전 내 양파를 깐 주방장 눈두덩도 벌 겋다. 그리고 그의 입가에도 미소가 걸린다.

황선미 작가의 동화 《마당을 나온 암탉》의 결말은 독자가 그 무엇을 상상했건 적어도 그것이 아니다. 암탉은 제 몸을 내어 족제비 새끼를 위해 스스로 먹잇감이 된다. 그녀가 사랑한 청둥 오리 '나그네'를 잡아먹은 족제비를 위한 희생이다. 여기서 끝이 아니다. 어미 족제비는 눈물을 흩날리며 암탉을 덮친다. 밀려오 는 슬픈 감정에 눈물은 미리 흘렸는데, 결말을 소화하는 데는 긴 시간이 든다. 생명의 꽃을 움트는 잎사귀가 되고 싶었던 꿈도, 삶의 터전이기에 마땅히 지켜야 할 생태 환경도, 우리가 살아가 야 할 다양성의 세상도 결국 먹고 먹이는 일의 숭고함 아래 놓인 다. 요리사야 먹이는 일의 가치를 식사값으로 교환한다 쳐도 제 살을 내어 어린 것을 키우는 자의 마음은 온전히 희생과 사랑이 다. 그 숭고함을 받아먹고 우리는 자랄 수 있고 잘할 수 있다. 아 이랑 들어갔다가 어른이 울고 나온다는 애니메이션 〈마당을 나 온 암탉〉에서 암탉 '잎싹'은 문소리 배우가, 새끼 오리 '초록'은 유승호 배우가 맡았다. 촬영 도중 변성기가 와서 초록이의 성장 과 더불어 유 배우의 목소리가 성장했단다.

많이 먹고 많이 읽으며 몸과 마음이 쑥쑥 클 때 나는 할머니 손을 많이 탔다. 방학이 되면 방학숙제인 탐구생활과 일기장을 들고 어머니의 본가에서 한 달을 꼬박 보냈다. 방학 내내 먹고 싶은 것을 푸지게 먹을 수 있었다. 백숙 닭다리와 꽃게 뒷다리만 뽑아 먹었고 나머지 부분은 이모와 삼촌이 해치웠다. 분홍 소시지가 들어간 김밥과 커다란 들통에 찐 참소라는 하루 종일 먹을 간식이었다. 방학이 끝나는 날이면 아버지는 당시의 핫플레이스인 경양식집에 할머니를 모시고 갔다. 할머니는 그런 것은 먹을 줄 모른다고 한사코 거절하셨다. 사실, 삼촌의 미국 유학 시절 우리 할머니는 뉴올리언스에서 10년을 사셨다. 경양식집은 어두컴컴한 것이 나름대로 운치가 있었다. 우리의 주문은 언제나 똑같다. 아버지는 돈가스, 어머니는 생선가스, 나는 어린이 정식이다. 아버지의 장모님은 가장 비싼 비후가스다. 할머니는 여전히 손사래를 치며 호사를 어색해하신다. 맛있는 음식이 나오고 가족의 식탁은 이내 포크와 나이프가 달그락거리는 소리만 남는다. 할머니와 가장 친한 나는 다른 사람이 알아채지 못하는 할머니의 감정을 느낄 수 있다. 할머니는 자기 몫의 미식이 입맛에 맞는 듯했고 행복하게 즐기고 계셨다. 보기만 해도 배가 부르다는 말만 한 언어도단이 또 어디 있는가. 입에 들어가야 배가 부르고 혀에 닿아야 맛이다. 먹이는 의미는 직접적일지 몰라도 먹는 행복은 직접적이다.

할머니가 돌아가신 날 그렇게 서럽게 운 까닭은 할머니를 다시 못 볼 것 같아서가 아니었다. 나는 그 이유를 아직도 찾지 못했다. 황선미 작가는《마당을 나온 암탉》에서 그 비밀을 살짝 알려줬다.

초록색 잎사귀는 늦은 가을까지 살다가 노랗게 물들었고, 나중에 조용히 졌다. 거친 바람과 사나운 빗줄기를 견딘 잎사귀들이 노랗게 질 때 잎싹은 감탄했다. 그리고 이듬해 봄에 연한 초록색으로 다시 태어나는 것을 보면서 또 감탄했다. (…) 비밀을 간직한 느낌이었다.

소설가
박완서

봄비와 쑥전

콧방울을 팽배시켜 이런 향훈을
가슴 가득히 들이마실 때의 즐거운 현훈, 뜨거운 부정을
청정하게 저지를 것 같은 설렘⋯⋯.

_박완서 〈지렁이 울음소리〉

식당 주방에는 네모난 후드가 달려 있다. 모터가 굉음을 내며 빨아낸 연기는 덕트라고 하는 지름 25센티미터 스테인리스 배관을 타고 밖으로 빠져나간다. 외벽에 설치된 덕트와 주방에 달린 후드의 '스댕' 빛은 그 건물이 식당임을 알려주는 표지와도 같다. 비 오는 날이면 건물에 내리치는 빗방울 소리가 덕트를 타고 주방으로 들어온다. 커다란 후드가 축음기 나팔관처럼 빗소리를

증폭시킨다. 빗소리의 음원은 스타카토로 '툭, 툭, 툭' 시작되어 이내 '쏴아아' 하고 레가토로 변주된다. 둥근 스테인리스관이 건물을 타고 설치된 구조에 따라 소리의 주파수 대역을 특이하게 변형한다. 그러다 보니 각각의 주방에는 각각의 빗소리가 있다. 비 내리는 날이면 요리사들은 각자의 주방에서 각자의 나팔관을 바라보며 각자의 표정을 짓는다.

봄비는 맘뿐 아니라 몸도 촉촉하게 만진다. 겨우내 느리게 움직이던 생체 시간의 박자를 빠르게 바꾼다. 제자리에서 앞뒤로 힘겹게 까딱이던 초침은 봄비를 윤활유 삼아 부드럽게 앞으로 나아간다. 봄이 되면 우리 몸은 기름을 달라고 아우성친다. 저장을 위한 탄탄한 탄수화물이 아닌 다양한 체취를 풍기기 위한 변화무쌍한 방향족 지방이 필요하다. 몸의 봄을 위해 필요한 비타민 전구체와 스테로이드계 호르몬이 바로 지방의 일종이다. 새봄 새로운 도전을 선언하는 몸의 함성은 우리 귀에는 들리지 않는다. 우리는 빗소리와 전 부치는 소리로 연상 작용을 통해 그 소리에 반응한다. 봄의 소리가 몸의 냄새를 만들면, 꽃 핀 나무가 벚나무가 되고 목련이 되는 것처럼 우리도 각자의 향기를 통해 스스로가 무엇인지를 말한다.

요즘 새봄에 맞춰 새 식당을 오픈하기 위해 동분서주 바쁜 시간을 보내고 있다. 식당 짓는 일은 쳇바퀴 돌듯 똑같이 이어지는 밥 짓는 시간에서 벗어나, 새로운 표현으로 세상에 새로운 색을 칠하는 순간이기도 하다. 바쁜 와중이지만 요리사에게는 저녁 영업에서 벗어나니 밥시간에 밥을 먹을 수 있는 유일한 시기이기도 하다. 저녁 시간에 동네 맛집을 찾았다. 손님이 많아 무척 분주하다. 이 시간 주방 문턱 안쪽에 서서 일만 했는데, 오늘은 문턱 밖 테이블에 앉아 있으니 뭔가 어색하다. 제철 메뉴인 쑥전을 주문한다. 커다란 쑥전은 기름에 바싹하게 부쳐졌다. 숨이 죽어 이만큼이면 적어도 쑥 한 소쿠리가 들어갔을 텐데, 하루치 쑥을 다듬는 일의 노고가 느껴진다. 쑥색과 쑥 향이 나의 시간과 나의 시기에 쏙 맞춤하다. 제철의 해쑥은 상채기 하나 없다. 바삭하게 부친 쑥 잎은 봄 내음이 복복하다. 쑥 뿌리는 톡 터지며 기름을 머금고 쌉싸름한 단맛을 전한다. 직업병인 건지, 입은 즐겁지만 귀는 계속 주문이 들어오는 분주한 소리에 집중한다.

새로운 시작 앞에서는 마음이 어렵다. 그간의 경험상 앞으로 터질 문제들이 예측되기에 마음이 더 무거울지도 모른다. 아무리 준비하고 오픈 전날 예행연습까지 해봐야, 첫 개점을 하면 주방은 말 그대로 개판 5분 전이 될 테다. '개판'의 밑말은 우리

생각과는 다르게 '판이 시작되는 때'를 뜻한다. 동물 개가 아닌 열릴 개開다. 시장이 열리기 직전의 무질서하고 난잡한 분위기다. 평소에는 문제 될 리 없는 우연한 작은 실수 하나가 아직 영글지 않은 시스템에 나비효과가 되어 돌아올 것이 뻔하다. 하지만 그러면 또 어떤가. 미칠 설렘과 못 미친 아쉬움은 오롯이 시작한 자의 몫이니.

소설 〈지렁이 울음소리〉에서 박완서는 새로움에 대한 그리움을 탐한다.

콧방울을 팽배시켜 이런 향훈을 가슴 가득히 들이마실 때의 즐거운 현훈, 뜨거운 부정을 청정하게 저지를 것 같은 설렘……

고집스러운 탐미주의자의 음식 향연

음식의 맛은 시간과 공간이 빚어내는 결정체다. 수백 년 수천 년에 걸친 곳곳의 문화와 사람들의 희노애락이 음식에 얽혀 있고 녹아 있다. 그것을 알아갈수록 음식은 맛을 넘어 아름답게 빛나기 시작한다. 그 아름다움을 찾아 즐기려면 맛도 낼 줄 알고 멋 낼 줄도 알아야 하는데 그게 쉬운 일이랴. 깊고 강렬한 음식의 미학을 만나려면 자유로우면서도 고집스런 탐미眈美주의자들에게 의지할 수밖에 없다. 그런 점에서 저자는 셰프로서 미학과 세계관, 인문주의를 관통해내는 최고의 도슨트다. 전작 <탐식수필>에서 유럽의 식문화와 美食에 대해 경이롭고 놀라운 신세계를 펼쳐보였던 저자다. 신작 <셰프의 독서일기 글자들의 수프>는 음식을 지어내고 그 본질을 궁구하며 건져낸 풍미 가득한 언어의 향연이다. 향도 향이지만 뒷맛도 엄청 진하다.

변상욱 전 CBS 대기자

그의 코스 요리 '기억의 도서관'을 회상하며

탐식 본능을 자극하던 셰프 정상원이 이제 작가 정상원이 되어 탐독 본능을 일깨운다. 셰프의 손에 책이 들리니 놀라운 탐독의 세계가 펼쳐진다. 세상에 이런 금손이 또 있을까! 정상원의 손을 스친 책은 아름다운 요리가 되어 우리의 입맛을 자극한다. 입맛을 다시며 책을 읽게 만드는 힘을 그 말고 또 누가 가질 수 있을까? 셰프 정상원은 책마저 맛있게 만드는 놀라운 능력의 소유자다. 그의 요리가 특별했던 이유를 이제야 알겠다. 그의 요리는 그가 혼자 만든 요리가 아니었다. 작가들과 함께 만든 협업의 산물이었다. 이 책은 동서고금의 작가 33인과 그의 협업 일기다. 책을 덮으며 그의 코스 요리 '기억의 도서관'이 다시 먹고 싶어진다. 이 책을 읽었으니 이제 '기억의 도서관'을 제대로 음미할 수 있을 텐데. 그의 요리가 그립다, 그의 다음 책이 입맛을 다시며 기다려진다.

신지영 고려대 국어국문학과 교수

셰프의 독서일기
글자들의 수프

2024년 7월 31일 1판 1쇄

지은이 정상원
편집 최일주, 이혜정, 홍연진 | **디자인** 디자인 《비읍》 | **제작** 박홍기
마케팅 이병규, 양현범, 이장열, 김지원 | **홍보** 조민희
인쇄 천일문화사 | **제책** J&D 바인텍

펴낸이 강맑실 | **펴낸곳** (주)사계절출판사 | **등록** 제406-2003-034호
주소 (우)10881 경기도 파주시 회동길 252
전화 031)955-8588, 8558
전송 마케팅부 031)955-8595, 편집부 031)955-8596
홈페이지 www.sakyejul.net | **전자우편** skj@sakyejul.com
페이스북 facebook.com/sakyejul | **인스타그램** instagram.com/sakyejul
블로그 blog.naver.com/skjmail

ISBN 979-11-6981-216-0 03800